हिन्द पॉकेट बुक्स

ए टेल ऑफ़ टू सिटीज़

चार्ल्स डिकेन्स विक्टोरियन युग के सबसे लोकप्रिय अंग्रेजी उपन्यासकार थे, साथ ही एक सशक्त सामाजिक आंदोलन के सदस्य भी थे। चार्ल्स डिकेन्स की लोकप्रियता इसी तथ्य से आंकी जा सकती है कि उनके उपन्यास और लघु कथाएँ आज तक 'प्रिंट' से बाहर ही नहीं गये। चार्ल्स के लगभग दर्जन भर प्रमुख उपन्यास, लघु कथाओं की एक बड़ी संख्या, अनेक नाटक और कई ग़ैर कल्पना किताबें आज भी सबसे अधिक लोकप्रिय हैं। अपने साहित्य से उन्होंने समकालीन अंग्रेजी समाज का मनोरंजन ही नहीं किया, वरन् उसे दिशा भी दी।

ए टेल ऑफ़ टू सिटीज़

चार्ल्स डिकेन्स

अनुवादक

शिवदान सिंह चौहान/सुश्री विजय चौहान

हिन्द पॉकेट बुक्स

पेंगुइन रैंडम हाउस इम्प्रिंट

हिन्द पॉकेट बुक्स

यूएसए | कैनेडा | यूके | आयरलैंड | ऑस्ट्रेलिया
न्यू ज़ीलैंड | भारत | साउथ अफ्रीका | चीन | सिंगापुर

हिन्द पॉकेट बुक्स, पेंगुइन रैंडम हाउस ग्रुप ऑफ़ कम्पनीज़ का हिस्सा है,
जिसका पता global.penguinrandomhouse.com पर मिलेगा

पेंगुइन रैंडम हाउस इंडिया प्रा. लि.,
चौथी मंज़िल, कैपिटल टावर -1, एम जी रोड,
गुड़गांव 122 002, हरियाणा, भारत

पेंगुइन
रैंडम हाउस
इंडिया

प्रथम हिन्दी संस्करण हिन्द पॉकेट बुक्स द्वारा 2004 में प्रकाशित
यह हिन्दी संस्करण हिन्द पॉकेट बुक्स में पेंगुइन रैंडम हाउस द्वारा 2022 में प्रकाशित

10 9 8 7 6 5 4 3 2

इस पुस्तक में व्यक्त विचार लेखक के अपने हैं, जिनका यथासंभव तथ्यात्मक सत्यापन किया गया है, और इस संबंध में प्रकाशक एवं सहयोगी प्रकाशक किसी भी रूप में उत्तरदायी नहीं हैं।

ISBN 9789353496296

मुद्रकः रेप्रो इंडिया लिमिटेड

www.penguin.co.in

MIX
Paper from responsible sources
FSC www.fsc.org FSC® C047271

This is a legitimate digitally printed version of the book and therefore might not have certain extra finishing on the cover.

ए टेल ऑफ़ टू सिटीज़

यह सबसे अच्छा ज़माना था, यह सबसे बुरा ज़माना था, यह अक़्लमन्दी का ज़माना था, यह बेवक़ूफ़ी का ज़माना था, यह आस्था का ज़माना था।

यह सत्रह सौ पचहत्तर ईसवी की बात है। फ्रांस काग़ज़ के नोट छापता था और उन्हें ख़र्च करता था। ईसाई पादरियों की देख-रेख में फ्रांस अपना मनोरंजन करता था और अगर कोई नौजवान पचास या साठ गज़ की दूरी पर पादरियों के जुलूस को देखकर बारिश में घुटने नहीं टेकता था तो उसके हाथ काट दिए जाते थे, चिमटी से उसकी जीभ खींच ली जाती थी और उसे ज़िन्दा जला दिया जाता था। उधर इंग्लैंड में, सशस्त्र दल सड़कों पर लोगों को लूट लेते थे और राजधानी में हर रात डाके पड़ते थे। लोगों को खुलेआम चेतावनी दी जाती थी कि वे अपने सामान को गोदामों में सुरक्षित रखवाकर शहर से बाहर जाएं। रात को डाका डालनेवालों में से एक ऐसा आदमी भी था जो दिन के वक़्त व्यापारी का काम करता था। एक बार 'कप्तान' के भेस में उसने कुछ व्यापारियों को रास्ते में रोक लिया। उन लोगों ने उसे पहचान लिया और ललकारा। डाकू के सिर में गोली मारकर वे चले गए। एक बार सात डाकुओं ने डाक को घेर लिया। सन्तरी ने तीन डाकुओं को मार डाला और बाक़ी चार ने उसे गोली से ख़त्म कर दिया, "क्योंकि उसके पास गोलियां ख़त्म हो गई थीं।" इसके बाद सारी डाक ख़ामोशी से लूट ली गई। एक डाकू ने लन्दन के लॉर्ड मेयर को खड़ा करके टर्नहम ग्रीन पर लेक्चर दिलवाया और सब नौकरों-चाकरों के समाने उसे लूटा। लन्दन की जेलों में क़ैदियों की सन्तरियों के साथ

मुठभेड़ें होती थीं। शाही दरबार के ड्राइंगरूमों में चोर कुलीन लॉर्डों की गर्दनों में से हीरे के क्रॉस उतार लेते थे। बन्दूकधारी व्यक्ति चोरी के माल की तलाश में सेंट गाईल्ज़ में जाते थे, लोगों की भीड़ उन पर गोलियां चलाती थी और वे भीड़ पर गोलियां चलाते थे। ऐसी घटनाएं लोगों की दृष्टि में अत्यन्त साधारण थीं। जल्लाद हरदम व्यस्त रहता था, हालांकि उसका कोई फ़ायदा नहीं था। आज उसे किसी भयंकर हत्यारे को फ़ांसी देनी होती थी, तो कल किसी अभागे चोर को, जिसने किसी किसान के लड़के के छ: पेन्स चुराए थे।

नवम्बर के आख़िरी दिनों में शुक्रवार की एक रात को, इस कहानी के नायक के सामने डोवर की सड़क फैली थी। तीनों मुसाफ़िरों के चेहरे गालों तक ढंके हुए थे और उन्होंने ऊंचे जूते पहन रखे थे। उन दिनों मुसाफ़िर जल्द ही किसी पर विश्वास करने में डरते थे, क्योंकि सड़क पर कोई भी मुसाफ़िर डाकू या डाकुओं का साथी हो सकता था। यहां तक कि हर डाकघर और शराबख़ाने में 'कप्तान से तनख़्वाह पानेवाला' कोई-न-कोई आदमी निकल सकता था, वह सराय का मालिक भी हो सकता था और अस्तबल का मामूली नौकर भी।

गार्ड के मन में मुसाफ़िरों के प्रति शक़ था, मुसाफ़िर एक-दूसरे पर और गार्ड पर शक़ कर रहे थे, सबको दूसरे सभी लोगों पर शक़ था और कोचवान घोड़ों के सिवा किसी को विश्वास के योग्य नहीं समझता था।

पहाड़ी पर से कोई सरपट घोड़ा दौड़ाता हुआ आया।

"क्या यह डोवर मेल है ?"

"तुम किसलिए जानना चाहते हो ?"

"मैं एक मुसाफ़िर की तलाश में हूं, शायद वह यहां मौजूद हो।"

"कौन-सा मुसाफ़िर ?"

"मिस्टर जार्विस लोरी।"

मुसाफ़िर ने फ़ौरन ज़ाहिर कर दिया कि यह उसी का नाम है। गार्ड, कोचवान और दोनों मुसाफ़िर उसे अविश्वास-भरी दृष्टि से देखने लगे।

घुड़सवार झुका, उसने आंखें उठाकर गार्ड को देखा और मुसाफ़िर को एक मुड़ा हुआ काग़ज़ दे दिया।

मुसाफ़िर ने काग़ज़ को खोला और गाड़ी के लैम्प की रोशनी में पहले पुर्ज़े की इबारत को मन ही मन, फिर ऊंची आवाज़ में पढ़ा " 'डोवर पहुंचकर मादामोज़ेल की इन्तज़ार करना।' – देखा गार्ड महाशय, मुझे सन्देश पढ़ने में देर नहीं लगी। जेरी, जाकर मेरा जवाब कह देना, 'फिर से ज़िन्दगी मिल गई !"

गाड़ी चल पड़ी और सन्देशवाहक इस विचित्र सन्देश पर आश्चर्य करता हुआ दुलकी चाल से घोड़ा दौड़ाता लौट पड़ा।

डोवर पहुंचकर रॉयल ज्यॉर्ज होटल के मैनेजर से जार्विस लोरी ने कहा, "मैं चाहता हूं, आप एक नौजवान महिला के लिए एक कमरा तैयार रखें। वह दिन में किसी भी वक़्त यहां पहुंच सकती है। वह आकर मिस्टर जार्विस लोरी या टेलसन बैंक के आदमी का नाम पूछेगी। मेहरबानी करके मुझे ख़बर कर दीजिएगा।"

"अच्छी बात है, जनाब। लन्दन का टेलसन बैंक, जनाब ?"

"हां।"

"अच्छा जनाब। हमें अक्सर आपके कर्मचारियों का सत्कार करने का सम्मान प्राप्त होता है। वे लन्दन और पेरिस के बीच सफ़र करते हैं। टेलसन कम्पनी के लोगों को बहुत सफ़र करना पड़ता है जनाब ?"

"हां, हमारा कारोबार फ्रांस में भी है और इंग्लैंड में भी।"

अंधेरा होने पर मिस्टर लोरी डिनर का इन्तज़ार करने लगे।

तंग गली से पहियों की आवाज़ सुनाई दी जो सराय की ड्योढ़ी के पास आकर ख़त्म हो गई।

वेटर ने आकर बताया कि लन्दन से मिस मानेत आई हैं।

मिस मानेत की उम्र सत्रह बरस से ज़्यादा नहीं थी। वह घुड़सवारी का लबादा पहने हुए थी और स्ट्रॉ हैट को फीते से एक हाथ में लटका रखा था।

मिस्टर लोरी ने औपचारिक ढंग से मिस मानेत का झुककर अभिवादन किया।

"जनाब, कल मुझे बैंक की तरफ़ से एक ख़त मिला था, जिसमें लिखा था कि बैंक को कोई ख़बर – या खोज – मेरे पिता की जायदाद के बारे में मिली है, जिन्हें मैंने कभी नहीं देखा – उन्हें गुज़रे बहुत अर्सा हो गया है। मुझे पेरिस जाने के लिए कहा गया है, और यह भी कि इस यात्रा में आप मेरी सरपरस्ती करेंगे।"

"मिस मानेत, अगर आपकी इजाज़त हो तो मैं आपको बैंक के एक कस्टमर की कहानी सुनाऊं।"

"कहानी !"

"हां एक फ्रेंच सज्जन की। उसका विज्ञान से सम्बन्ध था – वह प्रतिभाशाली व्यक्ति था – डॉक्टर।"

"वह बोवे का रहनेवाला तो नहीं था ?"

"हां, वह बोवे का ही रहनेवाला था। आपके पिता मोसिये मानेत की तरह। आपके पिता की तरह वह पेरिस में मशहूर भी था।... ओह पूरे बीस बरस हो गए हैं। उसने एक अंग्रेज़ महिला से शादी की थी। मैं उसका ट्रस्टी था। अनेक फ्रेंच परिवारों की तरह उनका कारोबार भी पूरी तरह से टेलसन बैंक के हाथों में था..."

"मुझे लगता है जनाब, यह मेरे पिता की कहानी है; जब पिता की मृत्यु के दो साल बाद ही मां भी चल बसी थी और मैं अनाथ हो गई थी तो आप ही मुझे इंग्लैंड में ले आए थे। मुझे पक्का यक़ीन है कि आप ही ने यह काम किया था।"

"मिस मानेत, मैं ही वह आदमी था। तब से तुम टेलसन की फ़र्म के संरक्षण में हो और मैं फ़र्म के दूसरे कामों में व्यस्त रहा हूं लेकिन तुम्हारे पिता की अगर मृत्यु न होती और वे अचानक चुपचाप गायब हो जाते, तो यह तुम्हारे पिता की कहानी होती जो बोवे के इस अभागे डॉक्टर की कहानी है।"

"मेहरबानी करके मुझे इस बारे में और बताइए, जनाब।"

"बताऊंगा। अभी बताता हूं। तुम सुनकर बरदाश्त कर लोगी ?"

"इस वक़्त आपने मुझे जिस अनिश्चितता में छोड़ा है, उसके अलावा मैं कोई भी चीज़ बरदाश्त कर सकती हूं।"

"मिस मानेत, तुम्हारी मां जब तुम्हें छोड़कर मरीं, उस वक़्त तुम दो बरस की थीं, अब तुम एक ख़ूबसूरत लड़की बन गई हो। तुम सुखी हो, क्योंकि तुम्हारे मन पर इस अनिश्चितता की काली छाया नहीं कि तुम्हारे पिता जेल में तड़पकर फ़ौरन मर गए या कई बरसों तक उन्हें वहां सड़ना पड़ा। तुम जानती हो कि तुम्हारे मां-बाप के पास ज़्यादा जायदाद नहीं थी और जो कुछ था वह तुम्हारी मां को और तुम्हें दिया गया था। पैसे या जायदाद के बारे में कोई नई बात नहीं मालूम हुई बल्कि – तुम्हारे पिता का पता चल गया है। वे ज़िन्दा हैं। हो सकता है कि वे बहुत बदल गए हों – उनका शरीर जीर्ण-शीर्ण हो गया हो। फिर भी वे ज़िन्दा हालत में हैं, उन्हें एक पुराने नौकर के घर में पेरिस ले जाया गया है। हम भी वहीं जा रहे हैं। मैं इसलिए जा रहा हूं, ताकि उन्हें भरसक पहचानने की कोशिश करूं और तुम उन्हें ज़िन्दगी, प्यार, फ़र्ज़, आराम और तसल्ली दोगी।"

लड़की ने धीमी, भयभीत किन्तु स्पष्ट आवाज़ में कहा, "मैं उनके प्रेत को देखने जा रही हूं। वहां सिर्फ़ उनका प्रेत होगा। वे ख़ुद नहीं होंगे !" लगता था जैसे वह सपने में ये शब्द कह रही थी।

"सिर्फ़ एक बात और," मिस्टर लोरी ने लड़की का ध्यान आकर्षित करने के लिए अप्रिय साधन अपनाते हुए कहा, "वे किसी दूसरे नाम से रह रहे हैं, इस बारे में पूछताछ करना बेकार होगा। क्योंकि इसमें ख़तरा है। तुम रास्ते में या कहीं और इस बात का ज़िक्र न करना।"

मिस मानते मूर्छित हो गई।

शराबख़ाने के मालिक की गर्दन बैल जैसी मोटी थी। देखने में वह फ़ौजी लगता था। उसने कमीज़ की आस्तीने ऊपर चढ़ा रखी थीं और उसकी ब्राउन बांहें कुहनियों तक नंगी थीं।

जब वह दुकान में लौटा तो उसकी पत्नी मदाम दिफार्ज काउंटर पर बैठी थी। उसकी उम्र भी करीब अपने पति जितनी थी और शरीर हृष्ट-पुष्ट था। उसके बड़े-बड़े हाथों में बहुत-सी अंगूठियां थीं। चेहरे की मुद्रा कठोर थी और व्यवहार में आत्मविश्वास झलकता था। उसके चरित्र के आधार पर कोई भी यह कह सकता था कि वह जिस भी काम को हाथ में लेती थी, उसमें ग़लती नहीं कर सकती थी। उसने सिर पर एक भड़कीले रंग का शॉल लपेट रखा था, लेकिन शॉल के भीतर से बड़े-बड़े इयररिंग दिखाई दे रहे थे। वह सलाइयों पर कुछ बुन रही थी, लेकिन इस वक़्त सलाइयां एक तरफ़ रखकर वह दांत कुरेदने लगी। पति को देखकर मदाम दिफार्ज ख़ामोश रही, सिर्फ़ ज़रा-सी खांस दी और भौंहें ऊपर उठा लीं, जिसका अर्थ था कि पति को जाकर देखना चाहिए कि कहीं उसकी अनुपस्थिति में कोई नया ग्राहक तो दुकान में नहीं आ गया।

शराबख़ाने के मालिक ने चारों तरफ़ आंखें दौड़ाई, अन्त में उसकी नज़र एक बुज़ुर्ग पर पड़ी जिसके साथ एक युवती बैठी थी। बुज़ुर्ग ने आंख के इशारे से युवती को बताया, 'यही वह आदमी है।'

लेकिन मोसिये दिफार्ज ने ऐसा जतलाया जैसे उसने उन दो अजनबियों को देखा तक नहीं और वह तीन ग्राहकों से बातचीत करने लगा, जो शराब पी रहे थे।

बुज़ुर्ग ने अपने कोने से उठकर मोसिये दिफार्ज से कहा कि वह एकान्त में उससे एक बात करना चाहता है।

"ख़ुशी से जनाब ।" मोसिये दिफार्ज ने कहा और चुपचाप बुज़ुर्ग के साथ दरवाज़े की तरफ़ चला गया।

उनकी बातचीत संक्षिप्त लेकिन निश्चयात्मक थी। पहले ही शब्द को सुनकर मोसिये दिफार्ज कांप उठा और बड़े ग़ौर से सारी बातें सुनने लगा। एक मिनट के भीतर ही वह सिर झुकाकर बाहर चला गया। बुज़ुर्ग ने हाथ के इशारे से युवती को बुलाया और वे दोनों भी बाहर चले गए। मदाम दिफार्ज चपल उंगलियों से बुनाई करती रही।

मिस्टर जार्विस लोरी और मिस मानेत शराब की दुकान से निकलकर मोसिये दिफार्ज के साथ उस दरवाज़े के नज़दीक पहुंचे जहां मोसिये दिफार्ज अपने दूसरे ग्राहकों को अभी भेज चुका था। यह दरवाज़ा एक छोटे बदबूदार आंगन में खुलता था, जिसमें बहुत-से मकान थे। ईंटों के बने ज़ीने में पहुंचकर मोसिये दिफार्ज ने अपने बूढ़े मालिक की बच्ची के घुटने से उसका हाथ उठाकर चूम लिया। कुछ सैकेंडों में ही मोसिये दिफार्ज के भीतर बहुत भारी परिवर्तन आ गया था, उसके चेहरे का विनोदीपन गायब हो गया था, वह क्रुद्ध और ख़तरनाक आदमी बन गया था, उसके दिल में कोई राज़ था।

"ज़ीना बहुत ऊंचा है, ज़रा धीरे-धीरे चढ़िए।" मोसिये दिफार्ज ने कठोर आवाज़ में मिस्टर लोरी से कहा।

"क्या वे अकेले हैं?" मिस्टर लोरी ने फुसफुसाकर पूछा।

"अकेले? ख़ुदा उनकी मदद करे। भला उनके पास कौन होगा!" मोसिये दिफार्ज ने उसी तरह धीमी आवाज़ में कहा।

"वे हर वक़्त अकेले रहते हैं?"

"हां!"

"अपनी मर्ज़ी से?"

"अपनी गर्ज़ से। जब मुझसे पूछा गया कि मैं उन्हें अपने पास रखने के लिए तैयार हूं। उस वक़्त भी मैंने उन्हें इसी हालत में देखा था, जिसमें वे अब हैं।"

"वे बहुत बदल गए होंगे?"

उस ज़माने में पेरिस के उन इलाक़ों में जहां लोगों की संख्या ज़्यादा थी, लोग अपनी मंज़िल के चबूतरे पर घर के कूड़े-कर्कट का ढेर लगा देते थे और घरों की खिड़कियों से भी कूड़ा बाहर फेंकते थे। इस सड़ांध और ग़रीबी ने मिलकर ज़िन्दगी को असह्य बना दिया था। मिस्टर जार्विस लोरी की साथिन की उत्तेजना प्रतिक्षण बढ़ती जाती थी। वे दो बार आराम करने के लिए रुके। ज़ीने में से नोत्रदाम के दो विशाल मीनारों के अलावा कोई भी ऐसी इमारत नहीं नज़र आती थी, जहां स्वस्थ ज़िन्दगी या स्वस्थ आकांक्षाओं को आश्वासन मिल सके।

बरसाती तक पहुंचने के लिए उन्हें अभी एक और भी ज़्यादा सीधे ज़ीने पर चढ़ना था। शराबख़ाने का मालिक मिस्टर लोरी के साथ-साथ चल रहा था, लगता था जैसे वह भयभीत था कि कहीं युवती उससे कोई सवाल न पूछ बैठे। कोट की जेबों में सतर्कता से हाथ डालकर उसने एक चाबी निकाली।

"तो क्या दरवाज़ा बन्द है, मेरे दोस्त ?" मिस्टर लोरी ने चकित स्वर में पूछा।

"हां," मोसिये दिफार्ज ने कठोर स्वर में जवाब दिया।

"क्या तुम्हारे ख़याल में उस अभागे भलेमानस को इतने अधिक एकान्त में रखना ज़रूरी है ?"

"मेरे ख़याल में तो चाबी घुमाना ज़रूरी है।" मोसिये दिफार्ज ने उसके कानों के नज़दीक फुसफुसाकर कहा और उसके चेहरे पर बल पड़ गए।

"क्यों ?"

"क्यों ? इसलिए कि वे इतने सालों से बन्द रहने के आदी हैं कि अगर उनका दरवाज़ा खुला छोड़ दिया गया तो वे डर जाएंगे – प्रलाप करने लगेंगे – अपने को नोच लेंगे मर जाएंगे।"

"क्या यह मुमकिन है ?"

"मुमकिन है ?" दिफार्ज ने कटु स्वर में यह बात दुहराई, "हां, और हम बड़ी ख़ूबसूरत दुनिया में रहते हैं, जब यह बात मुमकिन है और बहुत-सी ऐसी बातें न सिर्फ़ मुमकिन हैं – बल्कि की जाती हैं, समझे ! इस आसमान के नीचे ! शैतान ज़िन्दाबाद !"

यह बातचीत इतनी धीमी फुसफुसाहट में हुई थी कि बातचीत का एक शब्द भी युवती के कानों तक नहीं पहुंचा था। तीव्र भावावेश से वह कांप रही थी और उसके चेहरे से इतनी गहरी चिन्ता, भय और आतंक झलक रहा था कि मिस्टर लोरी ने उसे सान्त्वना के दो शब्द कहना ज़रूरी समझा।

"हिम्मत से काम लो, प्यारी मिस मानेत ! बस कमरे का दरवाज़ा पार करने की देर है ! फिर तुम अपने पिता को तसल्ली और प्यार दे सकोगी !"

यह ज़ीना छोटा था, वे जल्द ही ऊपर पहुंच गए। वहां तीन व्यक्ति दीवार के छेदों में से भीतर कमरे में झांक रहे थे। क़दमों की आहट सुनकर तीनों ने गर्दनें घुमाईं, ये वही लोग थे जो शराबख़ाने में शराब पी रहे थे।

मिस्टर लोरी ने किंचित क्रुद्ध स्वर में फुसफुसाकर पूछा, "क्या तुम मोसिये मानेत की नुमाइश करते हो ?"

"मैं कुछ चुने हुए लोगों को उन्हें देखने देता हूं, जैसे कि आपने अभी देखा।"

"क्या यह उचित है ?"

"मैं इसे उचित समझता हूं ?"

"ये चुने हुए लोग कौन हैं ? तुम उन्हें कैसे चुनते हो ?"

"मैं अपने नाम के सच्चे आदमियों को ही चुनता हूं – मेरा नाम यक है – मैं उन्हीं लोगों को यह दृश्य दिखाता हूं जो इससे फ़ायदा उठा सकते हैं। आपकी बात दूसरी है। आप अंग्रेज़ हैं।"

दिफार्ज ने ताला खोलने से पहले तीन-चार बार चाबी ताले में घुमाई।

दरवाज़ा धीरे-से खुला, उसने भीतर देखकर कुछ कहा। किसी की क्षीण आवाज़ सुनाई दी। दिफार्ज ने गर्दन घुमाकर दोनों को आने का इशारा किया। मिस्टर लोरी ने लड़की की कमर को थाम लिया; उन्हें उसके बेहोश होने का डर था।

"मुझे डर लग रहा है," लड़की ने कांपते हुए कहा।

"किस बात का डर ?"

"मुझे उनसे, अपने पिता से डर लगता है।"

मिस्टर लोरी ने लड़की की कांपती हुई बांहों को अपने कन्धे पर रखा और उसे उठाकर भीतर ले गए।

दिफार्ज नपे-तुले क़दमों से खिड़की के पास जाकर खड़ा हो गया और चारों तरफ़ देखने लगा।

बरसाती ईंधन और घर का टूटा पुराना सामान रखने के लिए यह कमरा बनाया गया था। उसमें अंधेरा छाया था। खिड़की के नाम पर छत में एक दरवाज़ा था, जिसमें शीशों की जगह दो किवाड़ लगे थे। सर्दी से बचने के लिए एक किवाड़ को बन्द कर दिया गया था और दूसरे किवाड़ में से इतनी कम रोशनी आ रही थी कि कमरे में कुछ दिखाई नहीं देता था। सिर्फ़ लम्बे अभ्यास से ही इस अंधेरे में कोई व्यक्ति काम कर सकता था। खिड़की की तरफ़ मुंह करके, जहां दिफार्ज खड़ा था, सफ़ेद बालोंवाला एक बूढ़ा एक नीची बेंच पर कमर झुकाकर जूते सीने में व्यस्त था।

"गुड डे !" मोसिये दिफार्ज ने कहा।

जैसे किसी ने दूर से इस अभिवादन का उत्तर दिया।

"गुड डे !"

"देखता हूं, आप अभी भी काम कर रहे हैं !"

क्षण-भर की ख़ामोशी के बाद बूढ़े ने फिर सिर उठाया और जवाब दिया, "हां, मैं काम कर रहा हूं।" इस बार दो क्षीण गालों मे धंसी हुई आंखों ने प्रश्नकर्ता की तरफ़ देखा।

वह आवाज़ भयानक और दर्दनाक थी। उसमें शारीरिक कमज़ोरी की क्षीणता नहीं, बल्कि एकान्त की क्षीणता थी। लगता था कि यह बहुत पुराने स्वर की गूंज थी। लगता था कि कोई ख़ूबसूरत रंग फीका पड़ गया है। यह इतनी दबी हुई आवाज़ थी कि लगता था जैसे कोई धरती के भीतर से बोल रहा हो। मरने से पहले बियाबान में भटकता हुआ कोई अकेला, भूख और थकान से सताया हुआ यात्री ही अपने घर और दोस्तों की याद करके ऐसी आवाज़ मुंह से निकाल सकता था।

"मैं यहां थोड़ी और रोशनी करना चाहता हूं। क्या आप बरदाश्त कर सकेंगे ?" दिफार्ज ने पूछा।

मोची ने अपना काम बन्द कर दिया। वह शून्यभाव से फ़र्श पर इधर-उधर देखने लगा।

"तुमने क्या कहा ?"

"क्या आप इससे ज़्यादा रोशनी बरदाश्त कर सकेंगे ?"

"अगर आप यहां रोशनी करेंगे तो मुझे बरदाश्त करना ही पड़ेगा।"

धूप की एक किरण बूढ़े की गोद में रखे अधूरे जूते पर पड़ी, जिसे वह सी रहा था। कुछ मामूली औज़ार और चमड़े के टुकड़े बेंच पर और उसके पैरों के नज़दीक पड़े थे। उसकी पीली चिथड़ेनुमा कमीज़ आगे से खुली थी, जिसमें से उसका जर्जर शरीर नज़र आ रहा था। वह ख़ुद, उसके ढीले मोज़े, फटे हुए कपड़े हवा और रोशनी के सीधे सम्पर्क के अभाव में सूखे चमड़े की तरह इतने पीले पड़ गए थे कि उन्हें अलग से पहचान पाना मुश्किल था।

रोशनी को रोकने के लिए उसने आंखों पर हाथ रख लिया था। उसकी हड्डियां तक पारदर्शी मालूम देती थीं।

"क्या आप आज ही जूतों का यह जोड़ा बना लेंगे ?" दिफार्ज ने पूछा।

"आपने क्या पूछा ?"

"क्या आप जूतों के इस जोड़े को आज ही ख़त्म करने का इरादा रखते हैं ?"

"शायद ! मैं ठीक से नहीं बता सकता। मुझे नहीं मालूम।"

वह फिर झुककर काम करने लगा।

"देखिए आपसे कोई मिलने आया है," दिफार्ज ने कहा।

"अपने क्या कहा ?"

"आपसे कोई मिलने आया है। ये सज्जन बढ़िया जूतों के पारखी हैं। इन्हें जूता दिखाइए।"

मिस्टर लोरी ने जूता हाथ में उठा लिया।

"क्या आप बता सकते हैं कि यह किस क़िस्म का जूता है ?"

"यह एक नौजवान लड़की के नाप का जूता है।" बूढ़े ने गर्व से जूते की तरफ़ देखकर कहा।

"और बनानेवाले का नाम ?" दिफार्ज ने पूछा।

"एक सौ पांच, नॉर्थ टॉवर ।"

"आप पेशेवर मोची तो नहीं हैं ?" मिस्टर लोरी ने उसके चेहरे पर नज़रें गड़ाकर पूछा।

"नहीं, मैं पेशेवर मोची नहीं हूं। यह काम मैंने – यहां सीखा, ख़ुद सीखा, मैंने इजाज़त मांगी – तब से मैं जूते बना रहा हूं।"

मिस्टर लोरी ने पूछा, "मोसिये मानेत, क्या मेरे बारे में आपको कुछ याद नहीं ?" बूढ़े के हाथ से जूता गिर पड़ा और वह टकटकी बांधकर प्रश्नकर्ता की ओर देखने लगा और फिर अपने काम में लग गया।

लड़की आकर उसके नज़दीक प्रेत की तरह खड़ी हो गई। अचानक काम करते-करते बूढ़े की नज़र लड़की की पोशाक पर पड़ी। उसने आंखें उठाईं। लड़की वहीं खड़ी रही।

पहले बूढ़े ने भयभीत दृष्टि से उसकी तरफ़ देखा, फिर उसके ओठों ने कुछ कहना चाहा, लेकिन कोई आवाज़ न निकली।

लड़की का चेहरा आंसुओं से भीगा था।

"तुम जेलर की बेटी नहीं हो ?"

"नहीं," लड़की ने ठंडी सांस ली।

"तुम कौन हो ?"

लड़की आकर उसके नज़दीक बेंच पर बैठ गई। बूढ़ा सिकुड़कर एक तरफ़ हट गया। लेकिन जब लड़की ने अपना हाथ उसकी बांह पर रखा तो उस पर एक विचित्र रोमांच छा गया। उसने धीरे-से चाकू नीचे रख दिया और आंखें फाड़-फाड़कर लड़की की तरफ़ देखने लगा।

धीरे-धीरे हाथ छुड़ाकर वह फिर काम में जुट गया।

लेकिन लड़की ने उसके कन्धे पर अपना रख दिया। दो-तीन बार उस हाथ को देखकर बूढ़े ने काम छोड़ दिया और अपनी गर्दन में लटका एक काला

धागा तोड़कर बाहर निकाला जिसमें एक चिथड़ा बंधा था। चिथड़े को खोलकर उसने एक-दो बाल निकाले – यह लम्बे सुनहरी बाल थे। उसने लड़की के बालों को हाथ में लेते हुए कहा, "ये एक-से हैं। यह कैसे हो सकता है ? यह कब हुआ ? कैसे हुआ ?"

फिर लड़की को रोशनी में ले जाकर उसने उसकी तरफ़ देखा।

"उस रात मेरे कन्धे पर उसका सिर था, उस रात जब मुझे बाहर ले जाया गया – जब मुझे नार्थ टॉवर में लाया गया, तब मेरी आस्तीन पर ये बाल बरामद हुए थे ! – यह कैसे हुआ – क्या वह तुम थीं !"

दोनों आगन्तुक चौंक उठे, लेकिन लड़की ने उनसे धीमी आवाज़ में कहा, "मेहरबानी करके हमारे नज़दीक मत आइए, मत बोलिए, मत हिलिए-डुलिए !"

"अरे ! यह किसकी आवाज़ है।" बूढ़ा बोला।

उसने लड़की को छोड़ दिया और अपने सफ़ेद बाल नोचने लगा, "नहीं-नहीं, तुम बहुत छोटी हो, यह नहीं हो सकता। ज़रा क़ैदी की हालत देखो ! नहीं, वह बहुत पहले थी। तुम्हारा क्या नाम है, मेरी मासूम परी।"

उसकी बेटी घुटनों के बल गिर पड़ी।

"इस वक़्त मैं इतना ही कह सकती हूं कि मेहरबानी करके मुझे स्पर्श कीजिए और मुझे आशीर्वाद दीजिए।"

लड़की बूढ़े की गर्दन में बांहें डालकर उसे बच्चे की तरह झुलाने लगी।

"मैं आपको लेने आई हूं। हम इंग्लैंड जाकर आराम से रहेंगे। हमारी मातृभूमि फ्रांस ने आपके साथ बुरा सलूक किया है ! आप रोइए ! रोइए ! और अगर मैं आपको अपना नाम, अपने पिता के बारे में, जो ज़िन्दा हैं और अपनी मां के बारे, में जो मर गई हैं, बताऊंगी और आपसे माफ़ी मांगूंगी तो आप रोइएगा !"

यह दृश्य इतना मार्मिक था कि दोनों व्यक्तियों ने हाथों से अपने चेहरे ढांप लिए।

इस तूफ़ान के बाद जब ख़ामोशी छा गई तो लोरी और दिफार्ज ने आकर बाप-बेटी को फ़र्श पर से उठाया।

"क्या ये इस हालत में सफ़र कर सकते हैं ?" लोरी ने पूछा।

"इस शहर में रहने से, जो इनके लिए इतना ख़ौफ़नाक है, सफ़र बेहतर रहेगा।"

"यह सही है। फ्रांस से निकलने में ही ख़ैरियत है। कहिए, क्या मैं तेज़ घोड़ोंवाली गाड़ी का प्रबन्ध करूं ?" दिफार्ज ने कहा।

"मेहरबानी करके हमें अकेला छोड़ दीजिए। आपने देख लिया है कि इस वक़्त ये कितनी संयत दशा में हैं। अब मुझे इनके पास अकेला छोड़ने में आपको कोई डर नहीं लगना चाहिए। आपके लौटने तक मैं इनकी देखभाल करूंगी, फिर हम इनको सीधे यहां से ले चलेंगे।" मिस मानेत ने कहा।

मिस्टर लोरी और दिफार्ज दोनों इस बात के पक्ष में नहीं थे और चाहते थे कि एक जना वहीं रह जाए, लेकिन घोड़ों और गाड़ी के अलावा अभी पासपोर्ट का प्रबन्ध भी करना था। सूरज डूबनेवाला था। वे चले गए।

बेटी सख़्त ज़मीन पर सिर रखकर बाप को देखती रही। दोनों जने ख़ामोश लेटे रहे।

मिस्टर लोरी और दिफार्ज ने सफ़र की तैयारियां पूरी कर ली थीं। लबादों और कम्बलों के अलावा वे रोटी, गोश्त, शराब और ग़र्म कॉफ़ी भी लाए थे। दोनों ने मिलकर क़ैदी को खड़ा किया। उसके मन के रहस्यों को और उसके चेहरे के पवित्र-शून्य आश्चर्य को कोई भी नहीं समझ सकता था। उन लोगों ने क़ैदी से बात करने की कोशिश की, लेकिन उसकी हालत देखकर उन्होंने फ़िलहाल चुप रहना ही उचित समझा। बूढ़ा बार-बार दोनों हाथों से अपना सिर थाम लेता था, लेकिन अपनी बेटी की आवाज़ सुनकर उसे बहुत ख़ुशी मिलती थी।

एक ऐसे व्यक्ति की तरह जो बहुत अर्से से मजबूरी में रहने का आदी है और दूसरों के हुक्म मानता आया है, उसे खाने के लिए जो चीज़ें दी गईं, उसने चुपचाप खा लीं और लबादा तथा दूसरे कपड़े पहन लिए।

जब वे लम्बे ज़ीने में पहुंचे तो बूढ़ा रुक गया और छत और दीवारों की तरफ़ देखने लगा।

"आपको याद है जब आप यहां आए थे?" बेटी ने पूछा।

"नहीं, मुझे कुछ याद नहीं है। यह बहुत पुरानी बात है।"

फिर वह बड़बड़ाया, "एक सौ नौ नॉर्थ टॉवर।"

सहन में पहुंचकर जब उसने एक गाड़ी देखी तो फिर दोनों हाथों से सिर थाम लिया।

आसपास के घरों की खिड़कियों में कोई न था, यहां तक कि सड़क भी सुनसान थी। एक अस्वाभाविक ख़ामोशी और उजड़ापन छाया था। मदाम दिफार्ज दरवाज़े पर खड़ी बिना किसी की ओर देखे बुनाई कर रही थी।

क़ैदी ने करुण स्वर में अपने बनाए हुए अधूरे जूतों और औज़ारों को साथ ले जाने की याचना की। मदाम दिफार्ज फ़ौरन ऊपर जाकर ये चीज़ें ले आई और फिर ख़ामोशी से बुनाई करने लगी। गाड़ी चल पड़ी।

सन् सत्रह सौ अस्सी में भी टेलसन बैंक की इमारत पुराने ढंग की थी। छोटी, अंधेरी, बदसूरत, संकरी। फ़र्म के मालिकों को उसकी अंधेरी बदसूरती पर गर्व था। उन्हें यक़ीन था कि अगर वह इमारत कम आपत्तिजनक होती तो उसका आदर भी कम होता। उनका कहना था कि दूसरी कम्पनियों को रोशनी और सजावट की भले ज़रूरत हो, टेलसन फ़र्म को ईश्वर की कृपा से रोशनी, सजावट या खुली जगह की ज़रूरत नहीं है।

दफ़्तर के बाहर एक पोर्टर हर वक़्त मौजूद रहता था। जब उसे किसी काम से कहीं भेजा जाता था तो उसका बारह बरस का लड़का ड्यूटी पर रहता था। पोर्टर का नाम क्रंचर था और उसे जेरी भी कहा जाता था।

नौ बजे बाप-बेटा टेलसन फ़र्म के सामने जाकर ड्यूटी देने लगे। छोटा जेरी फ्लीट स्ट्रीट की हर चीज़ के साथ-साथ बेचैनी से अपने बाप की तरफ़ भी देखता रहता था।

अन्दर से एक चपरासी ने निकलकर कहा, "पोर्टर को बुलाया है।"

तुम ओल्डबेली से परिचित हो न!" फ़र्म के सबसे पुराने क्लर्क ने सन्देशवाहक जेरी से पूछा।

"जी जनाब, मैं ओल्डबेली से परिचित हूं," अड़ियल अन्दाज़ में जेरी ने कहा।

"अच्छी बात है, उस दरवाज़े पर जहां से गवाह भीतर जाते हैं, दरबान को यह पुर्ज़ा दिखाना। यह मिस्टर लोरी के नाम है। फिर वह तुम्हें भीतर जाने देगा।"

"कचहरी में?"

"हां, कचहरी में।"

"मैं कचहरी में खड़ा रहूं, जनाब?"

"हां, मिस्टर लोरी चाहते हैं कि कोई सन्देशवाहक उनके पास मौजूद रहे। यह पुर्ज़ा इसी सिलसिले में है।"

"मेरा ख़याल है, आज सुबह जाली दस्तख़तों के मुक़दमे हो रहे होंगे!"
"नहीं, राजद्रोह के।"

उन दिनों जेल तरह-तरह के दुराचार और बदमाशियों का अड्डा था और अनेक ख़तरनाक बीमारियां क़ैदियों के साथ निकलकर कचहरी में आ जाती थीं और कई बार तो कठघरे से निकलकर सीधी चीफ़ जस्टिस पर झपटती थीं और उसे कुर्सी से नीचे गिरा देती थीं। कई बार तो ऐसा होता था कि काली टोपी पहनकर जज, क़ैदी के साथ-साथ अपनी मौत की सज़ा की भी घोषणा करता था और क़ैदी की मौत से पहले ही चल बसता था। ओल्डबेली जेल सज़ा देने के एक और परम्परागत तरीक़े – 'शिकंजे' के लिए भी मशहूर थी। वहां कोड़े भी लगाए जाते थे, जिससे दृश्य देखनेवालों का दिल पिघल जाता था और बड़ा मानवीय प्रभाव पड़ता था। कुल मिलाकर ओल्डबेली उस ज़माने में इस कथन की शानदार मिसाल थी – "जो भी है, सही है।"

"कौन-सा केस हो रहा है?" जेरी ने अपने सामने खड़े एक आदमी से पूछा।

"अभी तो कुछ नहीं – राजद्रोह का केस होनेवाला है – मुजरिम को एक टिकटी पर चढ़ाकर फ़ांसी दी जाएगी और आधी जान निकलने पर नीचे उतारकर उसके शरीर को छीला जाएगा। उसके सामने ही उसके शरीर के भीतरी हिस्से निकालकर आग में जलाए जाएंगे। फिर उसका सिर काटकर उसके टुकड़े-टुकड़े किए जाएंगे।"

"अगर वह क़सूरवार साबित हुआ तभी ऐसा होगा न!" जेरी ने शर्त जोड़ते हुए कहा।

"उसकी चिन्ता न करो। वे ज़रूर उसे क़सूरवार ठहराएंगे।"

जेरी पुर्ज़ा लेकर मिस्टर लोरी के पास पहुंचा जो 'विगधारी' आदमियों के बीच बैठे थे।

इसी वक़्त क़ैदी को लाकर कठघरे में खड़ा कर दिया गया। पिछली कतारों में बैठे लोग अपने आगे खड़े लोगों के कन्धों पर हाथ रखकर पंजों के बल खड़े होकर उत्सुक नेत्रों से मुजरिम को देखने लगे।

काली आंखोंवाला, पच्चीस बरस का एक सुन्दर और सम्पन्न युवक इस आकर्षण का केन्द्र था। उसके गालों का रंग धूप में पक गया था। वह काले या गहरे सलेटी रंग का सूट पहने था, उसके काले लम्बे बाल एक फीते से बधे थे।

लोग मन ही मन मुजरिम को फ़ांसी होने, उसका सिर कटने और टुकड़े किए जाने की कल्पना कर रहे थे। मुजरिम बड़ी संजीदगी से मुक़दमे की प्रारम्भिक कार्रवाई सुन रहा था। जेल की हवा और जेल की बीमारियों से बचाव करने के लिए कचहरी में जड़ी-बूटियां बिखेरी गई थीं और सिरके का छिड़काव किया गया था।

कचहरी में बीस बरस की एक युवती बैठी थी, साथ में एक आदमी था जो उसका पिता मालूम होता था। उसके बाल सफ़ेद थे। इस दृश्य से भयभीत होकर युवती अपने पिता के पास सरक आई थी। लोगों में फुसफुसाहट होने लगी, "ये दोनों कौन हैं?"

"गवाह!"

"किस पक्ष के?"

"विरोधी पक्ष के।"

"किसके ख़िलाफ़ गवाही देंगे ?"

"क़ैदी के ख़िलाफ़।"

अटॉरनी जनरल ने ज्यूरी को बताया कि उनके सम्मुख खड़ा क़ैदी उम्र में ज़रूर छोटा है, लेकिन राजद्रोह की कार्रवाइयों में, जिनकी वजह से उसे अपनी ज़िन्दगी से हाथ धोना पड़ेगा, बड़ा अनुभवी है। बहुत बरसों से मुजरिम फ्रांस और इंग्लैंड के बीच सफ़र करता रहा है, जिसका वह कभी कोई क्षम्य कारण नहीं बता सका। अगर धोखेबाज़ी और देशद्रोह में लोगों को हमेशा कामयाबी मिलती रहती तो इस आदमी की दुष्टता और अपराध छिपा रहता। लेकिन भाग्य ने एक ऐसे आदमी द्वारा मुजरिम की साज़िशों का पता लगवाया, जिस पर डर और निन्दा का कोई असर नहीं हो सकता था। इन साज़िशों को देखकर उसके मन में ग्लानि पैदा हुई और उसने हिज़ मैजेस्टी के चीफ़ सेक्रेटरी ऑफ़ स्टेट तथा माननीय प्रिवी काउंसिल के सामने सारा कच्चा चिट्ठा खोलकर रख दिया। यह देशभक्त उनके सामने पेश किया जाएगा। वह मुजरिम का दोस्त था। लेकिन एक बुरी घड़ी में जब उसे अपने दोस्त की नीचता का पता चला तो उसने तय किया कि वह इस देशद्रोही को, जिसके लिए अब उसके दिल में कोई स्थान नहीं रहा था, देश की पवित्र वेदी पर क़ुर्बान कर देगा। प्राचीन यूनान और रोम की तरह, अगर इंग्लैंड में भी जनता की भलाई करनेवालों के बुत बनाए जाते तो इस शानदार नागरिक का बुत ज़रूर बनता। लेकिन चूंकि ऐसा नहीं होता, इसलिए इसका बुत भी नहीं बनेगा। इस सद्गुण का, जैसा कि कवियों ने अनेक पंक्तियों में कहा है – जो कि ज्यूरी के सदस्यों को कंठस्थ होंगी – (इस पर ज्यूरी के सदस्यों के चेहरों पर एक अपराध-भावना छा गई, जिसका अर्थ था कि वे उन पंक्तियों से अनभिज्ञ थे) दूसरों पर भी प्रभाव पड़ता है, विशेषकर उस शानदार गुण का जिसे देशभक्ति या देशप्रेम कहते हैं। इस गवाह ने मुजरिम के नौकर के दिल में अपने मालिक की मेज़ की दराज़ों, और मेज़ों की तलाशी लेने और काग़ज़ात चोरी करने की पवित्र भावना पैदा की। इस अनुकरणीय नौकर की आलोचना

सुनने के लिए तो वे तैयार हैं, लेकिन वे उस नौकर को अपने भाई और बहनों से ज़्यादा अच्छा समझते हैं और अपने मां-बाप से भी ज़्यादा उसकी इज्ज़त करते हैं। अटॉरनी जनरल ने ज्यूरी के सदस्यों से भी ऐसा ही करने की अपील की। इन दो गवाहों की गवाही और मुजरिम से बरामद हुए काग़ज़ात, जो कि अदालत में पेश किए जाएंगे, यह साबित करेंगे कि मुजरिम के पास शाही फ़ौजों की, उनके वितरण स्थल और नौसैनिक तैयारियों की पूरी सूचियां थीं। इसमें कोई शक़ नहीं रह जाएगा कि वह किसी शत्रु देश को ये ख़बरें पहुंचाया करता था। ये सूचियां मुजरिम की लिखावट में ही हैं, यह तो साबित नहीं किया जा सकता, लेकिन इस बात से कोई फ़र्क नहीं पड़ता बल्कि यह तो सरकारी पक्ष के लिए अच्छा है, क्योंकि इससे मुजरिम की चालाकी और सतर्कता ज़ाहिर होती है। सबूत पांच साल पहले का है, ब्रिटिश फ़ौजों और अमेरिकनों के बीच पहली मुठभेड़ शुरू होने के कुछ हफ़्ते पहले मुजरिम इस साज़िश में मशगूल था। इन कारणों से ज्यूरी को, जो कि राजभक्त ज्यूरी है, ज़िम्मेदार ज्यूरी है (जैसा कि ज्यूरी के सदस्य ख़ुद जानते हैं) मुजरिम को क़सूरवार ठहराना चाहिए और उसे ख़त्म कर देना चाहिए, चाहे उन्हें यह बात पसन्द हो या न हो। जब तक मुजरिम का सिर नहीं उड़ाया जाएगा, जब तक वे आराम से सिरहाने पर सिर रखकर नहीं सो सकते, न ही अपनी पत्नियों और बच्चों का आराम से सोना बरदाश्त कर सकते हैं। अटॉरनी जनरल के विचार में तो मुजरिम का सिर कभी से कट चुका था।

अदालत में ऐसी भिनभिनाहट सुनाई दी, जैसे नीली मक्खियों का बड़ा-सा झुंड मुजरिम के गिर्द भावी परिणाम की उम्मीद में मंडरा रहा हो।

इसके बाद दूध का नहाया देशभक्त गवाह कठघरे में आकर खड़ा हुआ।

सोलिसिटर जरनल ने अपने नेता के चरण-चिह्नों पर चलते हुए देशभक्त से सवाल पूछे। उस देशभक्त का नाम जॉन बर्सा था। उसकी पवित्र आत्मा की कहानी बिलकुल वही थी, जैसी अटॉरनी जनरल ने सुनाई थी। विगधारी सज्जन ने इससे कुछ सवाल पूछे।

क्या वह कभी ख़ुद भी जासूस रहा है ? नहीं, उसे इस निकृष्ट आरोप पर एतराज़ है। उसकी आमदनी का ज़रिया क्या है ? जायदाद ! जायदाद कहां

है ? यह तो उसे ठीक से याद नहीं। क्या जायदाद विरासत में मिली थी ? हां ! किससे ? दूर के एक रिश्तेदार से। बहुत दूर के रिश्तेदार से ? हां ! क्या वह कभी जेल गया है ? हरगिज़ नहीं । क़र्ज़ न चुकाने की वजह से जेल में रहना पड़ा है ? समझ में नहीं आता कि मामले से उसका क्या ताल्लुक है ? अच्छा, अच्छा, बताओ। हां, दो या तीन दफ़ा गया हूं। कभी मुजरिम से क़र्ज़ लिया है ? हां। क़र्ज़ लौटाया था ? नहीं, उसने ये फेहरिस्तें मुजरिम के पास देखी थीं ? हां। वह इन फेहरिस्तों को कहीं से ख़ुद तो नहीं ले आया था ? नहीं। क्या वह क़सम खाकर कह सकता है कि इस गवाही के बदले में वह किसी रक़म की उम्मीद रखता है ? नहीं, चाहे कई बार क़समें दिलवा लो।

अटॉरनी जनरल ने मिस्टर लोरी से पूछा, “मिस्टर जार्विस लोरी, क्या आप टेलसन बैंक के क्लर्क हैं ?”

“जी हां !”

“सन् सत्रह सौ पचहत्तर के नवम्बर महीने में किसी शुक्रवार की रात को क्या आप डाकगाड़ी से कारोबार के सिलसिले में लन्दन से डोवर गए थे ?”

“जी गया था।”

“क्या गाडी में और भी मुसाफ़िर थे ?”

“दो मुसाफ़िर और थे।”

“मिस्टर लोरी, मुजरिम की तरफ़ देखिए, क्या यह भी गाड़ी में सफ़र कर रहा था ?”

“मैं ठीक से नहीं कह सकता।”

“क्या उसकी शक्ल उन दोनों मुसाफ़िरों में से किसी के साथ मिलती है ?”

“दोनों ने लबादे ओढ़ रखे थे, रात बहुत अंधेरी थी और हममें से किसी ने आपस में कोई बात नहीं की थी। इसलिए मैं यह भी नहीं बता सकता।”

“क्या इसका क़द और शरीर उन मुसाफ़िरों में से किसी से मिलता है ?”

"नहीं।"

"तो फिर आप इस बात की क़सम खाने को तैयार नहीं कि मुजरिम उनमें से एक था ?"

"नहीं।"

"मिस्टर लोरी, एक बार फिर मुजरिम को देखिए। क्या आपने इससे पहले इसे कहीं देखा है ?"

"हां, देखा है।"

"कब ?"

"कुछ दिन बाद, जब मैं फ्रांस से लौटा तो कैले में मुजरिम ने उसी जहाज़ पर मेरे साथ सफ़र किया।"

"वह किस वक़्त जहाज़ पर सवार हुआ था ?"

"आधी रात के कुछ बाद।"

"यानी सुनसान आधी रात में। क्या कोई और मुसाफ़िर भी जहाज़ पर चढ़ा था ?"

"यह अकेला था।"

"मिस्टर लोरी, आप अकेले सफ़र कर रहे थे या अपके साथ कोई था ?"

"मेरे दो साथी थे। एक भद्रपुरुष और एक महिला। दोनों यहां मौजूद हैं।"

"क्या आपकी मुजरिम से कोई बातचीत हुई थी ?"

"मुश्किल से, मौसम तूफ़ानी था। सफ़र लम्बा और मुश्किल। मैं फ्रांस से लेकर इंग्लैंड तक क़रीब-क़रीब पूरा वक़्त सोफ़े पर लेटा रहा था।"

"मिस मानेत !"

युवती अपनी जगह पर उठकर खड़ी हो गई। सबकी नज़रें उस पर केन्द्रित थीं।

"मिस मानेत ! मुजरिम की तरफ़ देखो !"

मुजरिम को सारी भीड़ की बजाय ऐसी करुणा, यौवन और सौन्दर्य

का सामना करना अधिक कठिन लगा। उसने अपनी सांस पर क़ाबू पाने की कोशिश की।

"मिस मानेत, क्या तुमने मुजरिम को इससे पहले कहीं देखा है ?"

"जी, जनाब।"

"कहां ?"

"उसी जहाज़ में और उसी मौक़े पर जैसा कि आपको अभी बताया गया है।"

"मिस मानेत, क्या तुम्हारी मुजरिम से रास्ते में कोई बातचीत हुई थी ?"

"जी, हुई थी।"

"याद करके बताओ।"

कचहरी में सन्नाटा छा गया। मिस मानेत ने क्षीण स्वर में कहा, "जब यह भद्रपुरुष जहाज़ पर आया..."

"तुम्हारी मुराद मुजरिम से है ?" जज ने माथे पर त्योरियां चढ़ाकार पूछा।

"हां, माई लॉर्ड।"

"तो फिर उसे मुजरिम कहो।"

"जब मुजरिम जहाज़ पर आया तो उसने देखा कि मेरे पिता," उसने अपने पिता की तरफ़ स्नेह-भरी दृष्टि से देखा, "बहुत थके हुए थे और कमज़ोरी की हालत में थे। मैंने केबिन की सीढ़ियों के पास डेक पर उनके लिए बिस्तर लगाया था और उनके सिरहाने बैठकर उनकी देखभाल कर रही थी। हम चार जनों के अलावा डेक पर कोई मुसाफ़िर नहीं था। मुजरिम ने मेरी इजाज़त लेकर मुझे सलाह दी कि मैं अपने पिता को हवा और बुरे मौसम से कैसे बचा सकती हूं।..."

"एक मिनट के लिए मैं तुम्हें बीच में रोकूंगा। क्या वह अकेला जहाज़ पर चढ़ा था ?"

"नहीं।"

"उसके साथ कितने लोग थे ?"

"दो फ्रांसीसी थे।"

"क्या उन्होंने आपस में बातचीत की थी ?"

"वे लगातार उस वक़्त तक बातें करते रहे, जब तक कि फ्रांसीसी सज्जन किश्ती में नहीं उतर गए।"

"क्या इन फेहरिस्तों से मिलते-जुलते काग़ज़ उन्होंने एक-दूसरे को दिए थे ?"

"कुछ काग़ज़ तो ज़रूर दिए थे, लेकिन वे कैसे काग़ज़ थे यह मैं नहीं जानती।"

"क्या वे देखने में इन काग़ज़ों जैसे थे ?"

"शायद। लेकिन मैं नहीं जानती। वे बड़ी धीमी आवाज़ में बातें कर रहे थे। मैंने सिर्फ़ यही देखा कि वे काग़ज़ों में कुछ देख रहे थे।"

"अब मुजरिम के साथ तुम्हारी जो बातचीत हुई, उसके बारे में बताओ।"

"मुजरिम ने मेरी बेबस हालत पर तरस खाया – वह मेरे पिता के साथ नेकी से पेश आया और मददगार साबित हुआ।" यह कहकर मिस मानेत रोने लगी। "कहीं मैं उसकी नेकी के बदले आज उसे नुक़सान न पहुंचा बैठूं।"

फिर नीली मक्खियों की भिनभिनाहट सुनाई दी।

"उसने मुझे बताया कि वह एक बहुत मुश्किल और नाज़ुक काम से सफ़र कर रहा है, जिससे आफ़त भी आ सकती है, इसलिए वह छद्म नाम से सफ़र कर रहा है। उसने यह भी बताया कि उसे अक्सर बहुत अर्से तक फ्रांस और इंग्लैंड के बीच सफ़र करना पड़ेगा।"

"क्या उसने अमेरिका के बारे में भी कोई बात कही थी, मिस मानेत ?"

"उसने मुझे बताया कि यह सारा झगड़ा कैसे शुरू हुआ। उसने कहा कि जहां तक उसका ख़याल है, इसमें इंग्लैंड ने ग़लती और बेवक़ूफ़ी से काम लिया है और फिर उसने मज़ाक़ के अन्दाज़ में कहा कि शायद इतिहास में ज्यॉर्ज वाशिंगटन का नाम उतना ही मशहूर होगा, जितना कि तीसरे ज्यॉर्ज का। लेकिन उसने यह बात सिर्फ़ वक़्त काटने के लिए मज़ाक़ में कही थी।"

जज ने ज्यॉर्ज वाशिंगटन के बारे में इतने बड़े कुफ्र को सुनकर सर ऊपर उठाया।

अटॉरनी जनरल ने युवती के पिता डॉक्टर मानेत को गवाह के रूप में बुलवाया।

"डॉक्टर मानेत, मुजरिम की तरफ़ देखकर बताइए कि क्या आपने पहले कभी उसे देखा है।"

"एक बार जब वह लन्दन में तीन या साढ़े तीन बरस पहले मेरे मकान पर आया था।"

"क्या इसी आदमी ने जहाज़ पर आपके साथ सफ़र किया था और आपकी बेटी के साथ बातचीत की थी ?"

"जनाब, मुझे इनमें से कोई भी बात याद नहीं है।"

"क्या आपके याद न रखने की कोई ख़ास वजह है ?"

मानेत ने धीमी आवाज़ में जवाब दिया, "है।"

"डॉक्टर मानेत, क्या बदक़िस्मती से आपको अपने देश में बिना किसी इल्ज़ाम या मुक़दमे के लम्बी क़ैद काटनी पड़ी थी ?"

"मैंने लम्बी क़ैद काटी है," डॉक्टर के स्वर ने सब लोगों के दिल को छू लिया।

"जिस मौक़े का ज़िक्र हो रहा है, क्या उस वक़्त आप ताज़े-ताज़े रिहा हुए थे ?"

"मुझे यही बताया गया है।"

"आपको उस मौक़े की कोई याद नहीं ?"

"बिलकुल नहीं, कुछ अर्से से मेरी याददाश्त गायब हो गई है- क़ैद में जब मैं जूते बनाया करता था, तब से लेकर उस वक़्त तक की जब मैंने अपने को लन्दन में अपनी प्यारी बेटी के साथ रहते हुए पाया – मुझे कुछ याद नहीं है।"

इसके बाद यह साबित करने की कोशिश की गई कि पांच बरस पहले नवम्बर की उस रात को मुजरिम ने अपने किसी षड्यन्त्रकारी साथी के साथ डोवर मेल में सफ़र किया था और एक जगह उतरकर एक फ़ौजी ग़ैरीसन और नौसेना के अड्डे में जाकर उसने कुछ सूचनाएं जमा की थीं। एक गवाह ने बताया कि उसने मुजरिम को उसी वक़्त एक होटल के कॉफ़ी रूम में किसी आदमी का इन्तज़ार करते हुए देखा था। इन परस्पर-विरोधी बयानों ने मुजरिम के ख़िलाफ़ सबूत को कमज़ोर कर दिया।

मुजरिम के वकील मिस्टर स्ट्रिवर ने साबित किया कि तथाकथित देशभक्त भाड़े का जासूस और देशद्रोही था – यहूदा के बाद दुनिया में इतना बड़ा बदमाश पैदा नहीं हुआ – और उसकी शक्ल भी यहूदा से मिलती थी। मुजरिम इन जालसाज़ों और झूठी क़समें खानेवालों की नज़रों का शिकार इसलिए बन गया था, क्योंकि कुछ पारिवारिक कारणों से उसे इंग्लैंड और फ्रांस के बीच अक्सर सफ़र करना पड़ता था – अपने प्रिय जनों की ख़ातिर वह इन कारणों को नहीं बताना चाहता था।

मुजरिम और उस नौजवान महिला में वही शिष्ट और मासूम बातें हुई होंगी जो ऐसे मौक़े पर किसी भी तरुण और तरूणी में हो सकती हैं – ज्यॉर्ज वाशिंगटन वाली बात को तो सिर्फ़ एक शैतानी मज़ाक़ समझना चाहिए।... लेकिन अटॉरनी जनरल ने इस बात पर ज़्यादा ज़ोर दिया था। हमारे देश के सरकारी मुक़द्दमों में ऐसे बदमाशों की गवाही को प्रधानता दी जाती है। इस पर माई लॉर्ड ने संजीदा चेहरा बनाकर कहा कि वे न्यायाधीश की बेंच पर बैठकर सरकार के लिए ऐसी बातें सुनना बरदाश्त नहीं करेंगे।

ज्यूरी के सदस्य फ़ैसला देने के लिए एक तरफ़ हट गए। मक्खियों की-सी भिनभिनाहट फिर सुनाई देने लगी।

मिस्टर कार्टन लगातार कचहरी की छत की तरफ़ देखते रहे थे। इस उत्तेजना में भी उनकी मुद्रा में कोई अन्तर न आया। मिस्टर स्ट्रिवर अपने काग़ज़ों को सामने जमा करके नज़दीक बैठे लोगों से घुसर-फुसरकर रहे थे और परेशान नज़रों से ज्यूरी की तरफ़ देखने लगे। यहां तक कि माई लॉर्ड

भी अपनी सीट पर से उठकर चबूतरे पर धीरे-धीरे चहलक़दमी करने लगे। श्रोताओं के मन में शक़ पैदा हुआ कि माई लॉर्ड चिन्तित हैं। सिर्फ़ एक ही आदमी जिसका गाउन आधा फटा था और सिर का 'विग' गन्दा था, सारे दिन छत की तरफ़ देखता रहा था। मिस्टर क्रंचर ने अपने पास बैठे एक आदमी से कहा, "मैं आधी गिनी की शर्त बदकर कह सकता हूं कि इस आदमी को कोई मुवक्किल नहीं मिलता। उसकी शक्ल ही ऐसी है कि उसे काम नहीं मिल सकता।"

लेकिन इन्हीं मिस्टर कार्टन ने जब मिस मानेत को अपने पिता के सीने पर गिरते देखा तो वे ही सबसे पहले ज़ोर से चिल्लाए, "ऑफ़िसर! इस महिला की तरफ़ देखो! उसे बाहर ले जाने में इस सज्जन की मदद करो। देख नहीं रहे, वह अभी गिर पड़ेगी!"

जब मिस मानेत को बाहर ले जाया गया तो लोगों के मन में उसके और उसके पिता के लिए संवेदना पैदा हुई। ज़रूर क़ैद के दिनों की याद से बूढ़े को दुख हुआ होगा। जब बूढ़े से सवाल पूछे गए थे तो उसने तीव्र आन्तरिक उत्तेजना व्यक्त की थी – तभी से गहरी सोच की मुद्रा, जिसने उसे और बूढ़ा बना दिया था, एक बोझिल बादल की तरह उस पर छाई थी।

ज्यूरी के लोग अभी किसी फ़ैसले पर नहीं पहुंच पाए थे, इसलिए वे एकान्त चाहते थे। माई लॉर्ड भी एकान्त में चले गए (शायद अभी तक उनके मन में ज्यॉर्ज वाशिंगटन की बात चक्कर काट रही थी)। मुक़दमे में पूरा दिन लग गया था, अब कचहरी में लैम्प जलाए जा रहे थे। यह अफ़वाह फैली कि ज्यूरी को फ़ैसला देने में अभी बहुत देर लगेगी। दर्शक खाने-पीने के लिए इधर-उधर चले गए और मुजरिम कठघरे के पीछे जाकर बैठ गया।

मिस्टर लोरी, जो नौजवान महिला और उसके पिता के साथ बाहर चले गए थे, फिर कचहरी में लौट आए और उन्होंने इशारे से जेरी को बुलाया।

"जेरी, अगर तुम्हें भूख लगी हो तो तुम खाने के लिए जा सकते हो, लेकिन फिर यहीं आ जाना। जब ज्यूरी के लोग आनेवाले होंगे तो तुम्हें ज़रूर पता चल जाएगा, तुम फिर एक क्षण की भी देर न करना, क्योंकि मैं तुम्हारे

हाथ बैंक को फ़ैसले की ख़बर भिजवाना चाहता हूं। मैं जानता हूं कि तुम सबसे तेज़ सन्देशवाहक हो और मुझसे पहले ही वहां पहुंच जाओगे।"

आध घंटे बाद कोर्ट रूम जानेवाली सीढ़ियों पर लोगों की भीड़ जमा हो गई और भिनभिनाहट सुनाई देने लगी।

"जेरी, जेरी !" मिस्टर लोरी पुकार रहे थे। मिस्टर लोरी ने एक काग़ज़ जेरी को पकड़ा दिया। काग़ज़ के टुकड़े पर लिखा था – "रिहा कर दिया गया।"

डॉक्टर मानेत, लूसी मानेत, मिस्टर लोरी, मुजरिम के दोनों वकील मिस्टर चार्ल्स डॉर्ने को मौत के मुंह से बचकर निकलने पर बधाई दे रहे थे।

डॉक्टर मानेत के बौद्धिक चेहरे से यह अनुमान लगाना कठिन था कि वे कभी पेरिस की एक बरसाती में बैठकर जूते सीते रहे थे। उनके मन पर छाए गहरे विषाद के बादल को सिर्फ़ उनकी बेटी ही दूर कर सकती थी। बेटी की आवाज़, हाथ का स्पर्श और चेहरे की आभा का हमेशा उन पर अच्छा असर पड़ता था।

मिस्टर डॉर्ने ने सच्चे और कृतज्ञ भाव से लूसी का हाथ चूमा और मिस्टर स्ट्रिवर को हार्दिक धन्यवाद दिया। स्ट्रिवर ने अभी तक अपना गाउन और 'विग' नहीं उतारा था। उसने कहा, "मुझे ख़ुशी है कि मैंने आपको बा-इज़्ज़त बचा लिया, मिस्टर डॉर्ने। आप पर बहुत कलंकपूर्ण इल्ज़ाम लगाए गए थे।"

"मैं ज़िन्दगी-भर आपका कृतज्ञ रहूंगा।"

"अब मैं डॉक्टर मानेत से दरख्वास्त करूंगा कि हम इस सभा को समाप्त कर दें और अपने-अपने घरों को लौट जाएं। मिस लूसी बीमार नज़र आती हैं। मिस्टर डॉर्ने के लिए यह दिन भयंकर रहा है और हम सब थके हुए हैं।"

"अपनी बात कीजिए मिस्टर लोरी, मुझे तो अभी सारी रात काम करना है।"

"घर चलें, फादर" लूसी ने पूछा।

डॉक्टर मानेत ने लम्बी सांस लेकर कहा, "हां।"

बरामदों की रोशनियां क़रीब-क़रीब बुझ चुकी थीं, लोहे के फाटकों को बन्द किया जा रहा था।

एक घोड़ागाड़ी बुलाई गई, लूसी और उसके पिता उसमें बैठकर चले गए। वह शराबख़ोरी का ज़माना था और अधिकांश लोग बहुत ज़्यादा शराब पीते थे। वक़्त के साथ लोगों की आदतें इतनी बदल गई हैं कि अगर आज बताया जाए कि उस ज़माने में आदमी रात-भर में कितनी शराब और पंच (एक तेज़ शराब) पी जाता था, फिर भी उसकी सामाजिक प्रतिष्ठा को कोई धक्का नहीं पहुंचता था, तो लोग इसे हास्यास्पद अतिशयोक्ति कहेंगे। शराबख़ोरी की क्षमताओं में अन्य विद्वत्तापूर्ण पेशों से क़ानूनी पेशा पीछे नहीं था, न मिस्टर स्ट्रिवर ही इस मामले में पिछड़े हुए थे।

किसी ज़माने में कहा जाता था कि मिस्टर स्ट्रिवर एक वकील की तरह बकवासी, साहसी, बे-असूल और बे-लिहाज़ आदमी तो हैं, लेकिन बयानों के ढेर में से तत्त्व की बात ढूंढने की प्रतिभा उसमें नहीं है, जो कि एक वकील के लिए सबसे बड़ा और ज़रूरी गुण है। लेकिन ज्यों-ज्यों उसके मुवक्किलों की तादाद बढ़ती गई, त्यों-त्यों उसमें यह प्रतिभा भी बढ़ती गई। रात-भर सिडनी कार्टन के साथ बैठकर शराब पीने के बावजूद सुबह क़ानूनी नुक़्ते उसे याद रहते थे।

सिडनी कार्टन, जो दुनिया में सबसे ज़्यादा निकम्मा और असफल आदमी था, स्ट्रिवर का बड़ा मददगार था। जितनी शराब दोनों मिलकर पीते थे, उसमें एक बादशाह का जहाज़ चल सकता था। दोनों रात को देर तक शराब पीते रहते थे और कहा जाता था कि कार्टन को अक्सर सुबह के वक़्त दुराचारी बिल्ली की तरह लड़खड़ाते क़दमों से घर की ओर जाते हुए देखा गया था। यह भी कहा जाता था कि हालांकि सिडनी कार्टन कभी शेर नहीं बन सकता था, लेकिन वह बहुत अच्छा गीदड़ था और गीदड़ की हैसियत से स्ट्रिवर की ख़िदमत करता था।

सिडनी कार्टन रात के दस बजे स्ट्रिवर के घर पहुंचा।

"देखता हूं कि तुम पीकर आए हो, सिडनी।"

"मेरा ख़याल है कि मैंने आज दो बोतलें पी हैं। मैंने आजवाले मुवक्किल के साथ खाना खाया था – या उसे खाना खाते हुए देखा था – एक ही बात

तीन बजे तक दोनों शराब पीते रहे और काग़ज़ात देखते रहे।

"तुम श्रू सबरी स्कूल के वही पुराने सिडनी कार्टन रहोगे। कभी ख़ुश तो कभी निराश।" स्ट्रिवर ने कहा।

"हां, तब भी मैं दूसरे लड़कों के सवाल हल किया करता था और अपना काम नहीं करता था।"

"तुमने कभी अपने सामने कोई उद्देश्य नहीं रखा, मेरी तरफ़ देखो !"

"तुम हमेशा अगली कतार में थे और मैं हमेशा पीछे था।"

"मुझे अगली कतार में पहुंचना ही था – मैं अगली कतार में पैदा तो नहीं हुआ था, है न ?"

"स्कूल से पहले, स्कूल के दिनों में और उसके बाद से तुम अपनी कतार में पहुंच गए हो और मैं अपनी कतार में पहुंच गया हूं। तुम हमेशा कहीं-न-कहीं पहुंच जाते थे और मैं – हमेशा से कहीं भी नहीं पहुंच पाया," सिडनी ने कहा।

"अच्छा, उस ख़ूबसूरत गवाह से मुझे मिला दो।"

"कौन-सा ख़ूबसूरत गवाह ?"

"मिस मानेत।"

"वह ख़ूबसूरत है ?"

"क्या वह ख़ूबसूरत नहीं है ?"

"नहीं !"

"वाह, भले आदमी, वह सारी कचहरी के आकर्षण का केन्द्र बनी हुई थी !"

"भाड़ में जाए सारी कचहरी का आकर्षण ! ओल्डबेली को ख़ूबसूरती परखने की क्या तमीज़ है ? वह लड़की तो सुनहरी बालोंवाली गुड़िया थी।"

"लेकिन सिडनी, उस वक़्त तो तुम भी उस सुनहरी बालोंवाली गुड़िया से हमदर्दी दिखा रहे थे !"

"अगर कोई लड़की किसी आदमी की नाक से एक गज़ की दूरी पर गिर

पड़े तो चाहे वह गुड़िया हो या न हो, कोई भी दूरबीन के बग़ैर उसे देख सकता है। अच्छा, अब मुझे नींद आ रही है।"

सोहो स्क्वेयर की एक गली के ख़ामोश मोड़ पर डॉक्टर मानेत का मकान था। एक दिन इतवार को मिस्टर जार्विस लोरी डॉक्टर के यहां खाना खाने आए। डॉक्टर और लूसी कहीं बाहर गए थे। घर में सिर्फ़ मिस प्रोस थी, जिसे डोवर से वे लोग साथ ले आए थे। हालांकि लूसी को अपनी जन्मभूमि के बारे में कुछ भी पता नहीं था, लेकिन उसने कम साधनों से ही ख़ूबसूरती पैदा करने की सहज क्षमता पाई थी, जो फ्रांसीसियों का सबसे सुखद गुण है। फर्नीचर निहायत मामूली था, लेकिन घर में सजावट की छोटी-छोटी इतनी चीज़ें थीं, जो क़ीमती नहीं थीं, लेकिन कलात्मक थीं – कि उससे घर की शोभा बहुत बढ़ गई थी। हर छोटी-बड़ी चीज़ को करीने से सजाया गया था, रंगों का चुनाव और मेल सब लूसी के व्यक्तित्व के सूचक थे। उस मंज़िल पर तीन कमरे थे। पहला ड्राइंग रूम था, उसमें लूसी के परिन्दे, फूल, किताबें, डेस्क और रंगों की डिबिया थी। दूसरे कमरे में डॉक्टर मरीज़ देखते थे और यह कमरा खाने के काम भी आता था। तीसरे कमरे में डॉक्टर की चारपाई थी – एक कोने में मोची की बेंच और औज़ार रखे थे।

"मेरी समझ में नहीं आता कि वे अपनी यन्त्रणाओं की निशानी को क्यों यहां रखते हैं ?" लोरी ने पूछा।

"इसमें ताज्जुब की कौन-सी बात है ?" मिस प्रोस ने कहा। जिसके साथ लोरी का परिचय डोवर में हुआ था।

"कहिए, कैसे हाल-चाल हैं ?"

"मैं अपनी लेडीबर्ड के लिए बहुत परेशान हूं। मैं नहीं चाहती कि जो लोग उसके सर्वथा अयोग्य हैं ऐसे दर्जनों लोग यहां आएं," मिस प्रोस ने कहा।

"क्या दर्जनों लोग यहां आते हैं ?"

"सैकड़ों।"

मिस प्रोस की अतिशयोक्ति करने की आदत थी।

"अगर मेरी हैसियत होती कि मैं बिना पैसा लिए अपनी नन्ही-मुन्नी को

पाल सकती तो मैं उसे ख़ुद पालती।"

मिस्टर लोरी को मिस प्रोस की ईर्ष्या का पता था, लेकिन वे यह भी जान गए थे कि सनकीपन के पीछे उसका असली व्यक्तित्व छिपा है। वह स्वार्थहीन थी – यह गुण सिर्फ़ औरतों में ही पाया जाता है। जो सिर्फ़ पवित्र प्यार और आराधना की ख़ातिर, अपना यौवन बीत जाने पर ख़ुशी-ख़ुशी दूसरे यौवन की और ख़ूबसूरती की, जो उन्हें ख़ुद नसीब नहीं हुई, प्रतिभा की, जिसे पाने का उन्हें सौभाग्य नहीं मिला, उम्मीदों की, जो उनकी अंधेरी ज़िन्दगियों में कभी नहीं चमकीं, ग़ुलाम बन जाती हैं। मिस्टर लोरी को दुनिया का इतना तज़ुर्बा था कि वे जान गए थे कि प्रेमभाव से बड़ी कोई चीज़ दुनिया में नहीं है।

मिस प्रोस ने अपनी 'नन्ही-मुन्नी' का टोप उतारा। वह उसके नर्म घने बालों में इस तरह गर्व से उंगलियां फेरने लगी जैसे वह ख़ुद रूपगर्विता स्त्री हो। 'नन्ही-मुन्नी' भी उसके गले से चिपक गई और उसने बार-बार मिस प्रोस को इतना कष्ट उठाने के लिए धन्यवाद दिया। मिस प्रोस का पकाया हुआ खाना इतना ज़ायक़ेदार होता था, इतने अच्छे ढंग से परसा जाता था कि इससे बेहतर खाना मिलना मुश्किल था। उसने कई शिलिंग और हाफ़ क्राउन देकर सोहो और आसपास रहनेवाले ग़रीब फ्रांसीसियों से खाना पकाने के फ्रांसीसी नुस्ख़े सीखे थे। नौकरानियां उसे जादूगरनी या सिंडरेला की धर्ममाता ही समझती थीं। इतवार के दिन मिस प्रोस डॉक्टर और लूसी के साथ खाना खाती थी, बाक़ी दिन नीचे या अपने कमरे में खाती थी – जहां लेडीबर्ड के अलावा और कोई नहीं जा सकता था।

मोन्सेन्यर, जो शाही दरबार के बड़े लॉर्डों में से थे, अपनी पेरिस की शानदान हवेली में हर पन्द्रहवें दिन एक दावत देते थे। इस वक़्त वे चॉकलेट पीने जा रहे थे। रोज़ सुबह बावर्ची के अलावा चार नौकर उन्हें चॉकलेट पिलाने में मदद करते थे। चारों भड़कीली पोशाकें पहनते थे। मुख्य सेवक की जेब में सोने की दो घड़ियां रहती थीं, वह मोन्सेन्यर के ओठों से चॉकलेट का प्याला लगाता था। एक नौकर चॉकलेट का बर्तन लाता था, दूसरा चॉकलेट को पीसता था, तीसरा नैपकिन लाता था और चौथा चॉकलेट को प्याले में उंडेलता था।

पिछली रात मोन्सेन्यर कॉमेडी और ग्रैंड ऑपिरा देखने गए थे, जिसमें उन्हें नीरस शासन-प्रबन्ध, और समूचे फ्रांस की ज़रूरतों से भी ज़्यादा दिलचस्पी थी।

मोन्सेन्यर का ख़याल था कि सार्वजनिक कामों का एक ही मक़सद है – जिससे उनकी अपनी ताक़त बढ़े और जेबें भरें। उनका यह भी ख़याल था कि दुनिया उनके ऐशो-इशरत के लिए बनी है।

उन्होंने एक फ़ार्मर जनरल को अपना साथी बनाया था क्योंकि उन्हें ख़ुद हिसाब-किताब रखने की कोई तमीज़ नहीं थी। कई पीढ़ियों की विलासिता और ख़र्चीलेपन के बाद मोन्सेन्यर ग़रीब होने जा रहे थे। मोन्सेन्यर ने अपनी बहन को कॉन्वेंट में से निकालकर बतौर इनाम के फ़ार्मर जनरल को भेंट किया था।

फ़ार्मर जनरल के अस्तबलों में तीस घोड़े थे और घर में चौबीस नौकर थे। उसकी पत्नी की देखभाल के लिए छः बांदियां थीं।

मोन्सेन्यर के घर फ़ौजी अफ़सर आए थे जिन्हें फ़ौजी मामलों का कुछ पता नहीं था – नौ सेना के अफ़सर जिन्हें यह भी नहीं पता था कि जहाज़ क्या बला होती है। बदमाश पादरी आए थे, जो सांसारिक लोगों से भी ज़्यादा सांसारिक थे, जिनकी आंखों से वासना टपकती थी और जो बकवासबाज़ और दुराचारी थे। इन लोगों को ऐसे पदों पर बिठा दिया गया था, जहां फ़ायदे की उम्मीद थी। काल्पनिक रोगों का इलाज करनेवाले डॉक्टर मोन्सेन्यर के कमरों में अपने सामन्ती मरीज़ों की तरफ़ देखकर मुस्कुरा रहे थे। शासन की बुराइयों को दूर करने के उपाय बताए जा रहे थे। सिवाय ईमानदारी के। फिलॉसफ़र लफ़्ज़ो से दुनिया को बदलने में लगे थे। मोन्सेन्यर के जासूस भी इस महफ़िल में एक भी ऐसी औरत को नहीं तलाश कर सकते थे जो यह स्वीकार करती कि वह मां है। वे सिर्फ़ नाम की माएं थीं – मां नाम की चीज़ उस ज़माने के फ़ैशन के लिए नई थी। किसान औरतें बच्चों को पालती-पोसती थीं और साठ बरस की उम्र में भी सुन्दर दादियां और नानियां बीस बरस की लड़कियों की तरह कपड़े पहनती थीं और दावतों में चहकती थीं।

मोन्सेन्यर के आसपास के सभी लोग असत्य के कोढ़ से ग्रस्त थे। इनमें

आधे दर्जन ऐसे लोग थे जो कुछ सालों से महसूस करते आए थे कि शासन-व्यवस्था में कहीं-न-कहीं कुछ ख़राबी है। वे उन लोगों के दल में शामिल हो गए जिन्हें प्रार्थना के वक़्त दौरे पड़ते थे।

किसी की पोशाक में कहीं ज़रा-सी त्रुटि नहीं थी। बालों को धुंघराला बनाया गया था, पाउडर लगाया गया था, बनावटी तरीक़ों से चेहरे की त्वचा को सुरक्षित रखा गया था। भद्रपुरुषों ने गले में लाकेट पहने थे जो क़ीमती घंटियों की तरह बज उठते थे – रेशम और किमखाब के कपड़ों की सरसराहट सुनाई दे रही थी।

हर चीज़ को अपनी जगह पर बनाए रखने का तिलिस्म पोशाक ही था। हर आदमी कभी न ख़त्म होनेवाले फैंसी ड्रेस नाच के लिए पोशाकें पहनता था, यहां तक कि साधारण जल्लाद को भी बालों में पाउडर लगाकर सुनहरी गोटवाला कोट, पम्प शू और सफ़ेद रेशमी मोज़े पहनने पड़ते थे।

दावत ख़त्म होने के बाद एक ही आदमी वहां रह गया। वह नसवार का डिब्बा हाथ में लेकर आईनों के पास से गुज़रा।

आख़िरी दरवाज़े पर पहुंचकर उसने हवेली की तरफ़ मुड़कर देखा और कहा, "मैं तुम पर लानत भेजता हूं।"

वह ज़ीना पार करके नीचे पहुंचा, जहां उसकी गाड़ी खड़ी थी। दावत में बहुत कम लोगों ने उससे बात की थी। मोन्सेन्यर ने भी उसके प्रति अधिक उत्साह नहीं दिखाया था। इसलिए उसकी गाड़ी के पहियों के नीचे अगर लोग दबते-दबते बच रहे थे, तो उसे यह देखकर ख़ुशी हो रही थी। उस बहरे शहर और गूंगे ज़माने में भी यह शिकायत सुनाई देती थी कि तंग गलियों में रईसों की गाड़ियां निर्मम ढंग से ग़रीबों को कुचलती हुई चली जाती थीं, लेकिन अन्य शिकायतों की तरह इस शिकायत पर भी किसी का ध्यान नहीं गया था। अभागी जनता को ख़ुद अपनी सामर्थ्य के अनुसार अपनी समस्याएं सुलझानी पड़ती थीं।

लोगों के जख़्मी होने पर भी गाड़ियां बिना रुके आगे बढ़ जाती थीं। लेकिन आज अचानक पहिये में ज़रा-सा धक्का लगा और गाड़ी रुक गई। नौकर तत्काल कूदकर नीचे खड़ा हो गया। बीसियों हाथों ने घोड़ों की लगामों को थाम लिया।

"क्या हुआ ?" श्रीमान ने शान्तिपूर्वक बाहर झांकते हुए पूछा।

एक लम्बे आदमी ने घोड़ों के नीचे से एक बंडल उठाकर फव्वारे की मुंडेर पर रख दिया और कीचड़ में जंगली जानवर की तरह चीख़ता-चिल्लाता हुआ लोटने लगा।

"माफ़ कीजिए, श्रीमान मार्क्विस, एक बच्चा पहियों के नीचे आ गया था," एक फटेहाल आदमी ने विनीत स्वर में गिड़गिड़ाकर कहा।

"यह आदमी ऐसा बेहूदा शोर क्यों मचा रहा है ? क्या इसका बच्चा है ?"

"माफ़ कीजिए श्रीमान मार्क्विस – बच्चा इसी का है।"

ज़मीन से उठकर लम्बा आदमी गाड़ी की तरफ़ भागता हुआ आया। मार्क्विस का हाथ क्षण-भर के लिए अपनी तलवार की मूंठ पर चला गया।

"मेरा बच्चा मर गया ! मर गया !" आदमी दोनों बांहें ऊपर उठाकर विक्षिप्त स्वर में चिल्लाया।

लोगों ने मार्क्विस के चेहरे की ओर देखा। उनकी आंखों में क्रोध या धमकी का नामोनिशान नहीं था, न ही लोगों ने कुछ कहा। पहली चीख़ के बाद वे ख़ामोश हो गए थे और अभी तक ख़ामोश थे। मार्क्विस ने उन सबकी तरफ़ इस तरह देखा जैसे वे बिलों से निकले चूहे हों।

मार्क्विस ने अपना बटुआ निकाला।

"मुझे इस बात की हैरानी होती है कि तुम लोग अपना और अपने बच्चों का ख़याल भी नहीं रख सकते। हमेशा कोई-न-कोई गाड़ी के रास्ते में रहता है। क्या पता तुम लोगों की वजह से मेरे घोड़ों को कितनी चोट पहुंची है। यह लो उस आदमी को दे दो !"

मार्क्विस ने अपने नौकर की तरफ़ सोने का एक सिक्का फेंक दिया। लम्बा आदमी फिर चिल्लाया, "मर गया !"

एक और आदमी वहां आया, जिसे रास्ता देने के लिए लोग एक तरफ़ हट गए। अभागा आदमी रोता और सिसकता हुआ आगन्तुक के गले से लिपट गया। उसने फव्वारे की ओर इशारा किया, जहां ख़ामोश औरतें निश्चल

बंडल के ऊपर झुकी हुई थीं।

"मैं जानता हूं! मैं जानता हूं! बहादुर बनो मेरे गैस्पर्द! ज़िन्दा रहने की बजाय नन्हे ग़रीब खिलौने के लिए मौत बेहतर है। देखो क्षण-भर में ही बिना किसी तकलीफ़ के वह मर गया। क्या ज़िन्दगी में उसे एक घंटे का भी सुख नसीब होता!" आगन्तुक ने कहा।

"तुम तो फिलॉसफ़र हो। तुम्हें लोग किस नाम से पुकारते हैं?" मार्क्विस ने मुस्कुराकर पूछा।

"मुझे दिफार्ज कहते हैं।"

"किस पेशे में हो?"

"श्रीमान मार्क्विस, मैं शराब बेचता हूं।"

मार्क्विस ने सोने का एक और सिक्का फेंकते हुए कहा, "इसे उठा लो शराब बेचनेवाले फिलॉसफ़र और जैसे चाहो ख़र्च करो। क्या घोड़े ठीकठाक हैं?"

भीड़ की तरफ़ दोबारा देखे बग़ैर मार्क्विस महोदय इस तरह आराम से सीट पर बैठ गए जैसे अकस्मात उनसे कोई मामूली-सी चीज़ टूट गई हो और उन्होंने उसका हर्ज़ाना भर दिया हो – अचानक एक सिक्का आकर गाड़ी में गिरा, जिससे मार्क्विस की शान्ति भंग हो गई।

"घोड़ों को रोको! यह किसने फेंका?" मार्क्विस ने कहा।

बच्चे का अभागा बाप अभी भी मुंह के बल सड़क पर लोट रहा था और एक सांवली, दोहरे बदन की औरत उसके पास खड़ी थी। वह औरत सलाई पर कुछ बुन रही थी।

"कुत्तो! मैं ख़ुशी-ख़ुशी तुम्हें कुचलकर ख़त्म करने के लिए तैयार हूं। काश, उस बदमाश का पता चलता, जिसने गाड़ी की तरफ़ सिक्का फेंका है, तो मैं उसे पहियों के नीचे कुचलवा देता!"

लोग अपने लम्बे अनुभव से जानते थे कि मार्क्विस की हैसियत का आदमी क़ानूनी और ग़ैरक़ानूनी तरीक़ों से उन्हें कितना नुक़सान पहुंचा सकता

है, इसलिए सबके सब ख़ामोश रहे। सिर्फ़ बुनाई करनेवाली औरत ने आंखें उठाईं और मार्क्विस की तरफ़ देखा। मार्क्विस ने सब चूहों पर एक हिकारत-भरी निगाह डाली और हुक्म दिया, "चलो !"

इसके बाद स्टेट प्रोजेक्टर, फ़ार्मर जनरल, डॉक्टर, वकील, पादरी की गाड़ियां आईं और ग्रैंड ऑपेरा, कॉमेडी और फैंसी ड्रेस नाच का पूरा जुलूस वहां से गुज़रा। चूहे बिलों से निकलकर घंटों तक इस नज़ारे को देखते रहे। पुलिस और फ़ौज के आदमी उनके सामने कतार बांधकर खड़े हो गए थे। बाप बंडल को उठाकर चला गया था, औरतें फव्वारे के पानी को और इस जुलूस को देख रही थीं। सिर्फ़ वह औरत जो बुनाई कर रही थी, क़िस्मत की तरह दृढ़ भाव से बुनाई करती रही।

मार्क्विस महोदय के विशाल क़िले के सामने पत्थरों का आंगन था, वहां हर चीज़ पत्थर की बनी थी। पत्थरों के ज़ीने, चारों तरफ़ पत्थरों के फूल, आदमियों और शेरों के सिर बने थे। लगता था, दो सौ साल पहले, जब यह क़िला बना था तो पौराणिक कथाओं की सर्पकेशी ने इसे देखा था।

मार्क्विस एक हॉल में से गुज़रे, जिसमें जंगली सुअरों के शिकार के लिए बने पुराने भाले, तलवारें और तमंचे रखे थे, साथ ही घुड़सवारी की छड़ियां और चाबुकें भी रखी थीं, जिनकी मार से बहुत से किसान मौत के घाट उतारे जा चुके थे, जो उनके लिए उपकारी सिद्ध हुई थी।

ऊंची छतोंवाले विशाल कमरे में मार्क्विस की हैसियत के मुताबिक़ उस विलासी देश और ज़माने की सब विलास-सामग्रियां मौजूद थीं।

एक कमरे में दो जनों के लिए खाने की मेज़ लगाई गई थी।

मार्क्विस ने कहा, "सुना है कि मेरा भतीजा अभी नहीं आया। सब चीज़ों को इसी तरह रहने दो। मैं पन्द्रह मिनट बाद तैयार होकर आऊंगा।"

पन्द्रह मिनट बाद वे आकर मेज़ के आगे बैठे, जिसमें खाने की बहुत-सी बढ़िया चीज़ें रखी थीं। सूप पीने के बाद अभी उन्होंने बोर्दियो की शराब का गिलास

मुंह से लगाया ही था कि नीचे किसी गाड़ी के पहियों की आवाज़ सुनाई दी।

मार्क्विस का भतीजा आया था। इंग्लैंड में उसका नाम चार्ल्स डॉर्नें था।

मार्क्विस ने दरबारी अन्दाज़ में उसका स्वागत किया लेकिन दोनों ने आपस में हाथ नहीं मिलाए।

"जनाब आप पेरिस से कल रवाना हुए थे ?" भतीजे ने पूछा।

"हां और तुम ?"

"मैं सीधा आया हूं।"

"लन्दन से ?"

"जी।"

खाना ख़त्म होने पर जब उनके आगे कॉफ़ी रखी गई तो भतीजे ने कहा, "जिस मक़सद से मैं वहां गया था, उसकी वजह से मुझे एक बड़ी और अप्रत्याशित मुसीबत का सामना करना पड़ा। लेकिन मैं उस मक़सद को इतना पवित्र समझता हूं कि अगर मुझे मौत के मुंह में भी जाना पड़ता है तो भी मेरी आस्था कम न होती।"

"मौत का ज़िक्र करने की ज़रूरत नहीं है।"

"अगर मैं मौत के किनारे पहुंच जाता तो भी शायद आप मेरी मदद न करते, बल्कि मेरी सन्दिग्ध परिस्थितियों को और भी अधिक सन्दिग्ध बना देते।"

"नहीं, नहीं।"

"यह मेरी ख़ुशक़िस्मती है कि मैं फ्रांस की किसी जेल में नहीं सड़ रहा। अगर शाही दरबार में आपकी चलती तो आप मुझे हमेशा के लिए किसी क़िले में बन्द करवा देते।"

"हो सकता है, ख़ानदान की इज़्ज़त के लिए मैं तुम्हें यह तकलीफ़ देने का ही फ़ैसला करता।" फिर मार्क्विस ने बड़े नम्र स्वर में कहा, "तुम जिन कृपाओं को बुरा समझते हो, वे कृपाएं आजकल बड़ी मिन्नतों और ख़र्च के बाद मिलती हैं। बहुत-से लोग इन कृपाओं के लिए ललायित रहते हैं, लेकिन वे कम ही लोगों को नसीब होती हैं। पहले ऐसा नहीं होता था, लेकिन फ्रांस की हालत पहले से बदतर हो गई है। कुछ ही वक़्त पहले हमारे पूर्वजों को आम लोगों

की ज़िन्दगी और मौत का फ़ैसला करने का भी हक़ था। इस कमरे में से बहुत से ऐसे कुत्तों को बाहर ले जाकर फ़ांसी लगाई गई थी। बहुत-सी सुविधाएं जो पहले हमारे लिए आम थीं, अब नहीं रहीं। एक नई फिलॉसफ़ी चल पड़ी है। हो सकता है, अपनी हैसियत की वजह से हमें तकलीफ़ उठानी पड़े !"

मार्क्विस ने एक चुटकी नसवार लेकर अपना सिर हिलाया।

"हम लोगों ने अपनी हैसियत का इस तरह इस्तेमाल किया है, और करते हैं कि फ्रांस में लोग जितनी नफ़रत हमारे ख़ानदान से करते हैं, उतनी और किसी ख़ानदान से नहीं करते।"

"छोटे लोगों की नफ़रत बड़े लोगों के लिए श्रद्धांजलि के समान होती है," चचा ने कहा, "दमन ही ऐसी फिलॉसफ़ी है जो क़ामयाब हो सकती है, जिस तरह यह छत आसमान से हमें बचाती है, उसी तरह डर और गुलामी इन कुत्तों को चाबुक का हुक्म मानना सिखाएगी, मेरे दोस्त ।"

"जनाब, हम लोगों ने ग़लतियां की हैं और हम उनका नतीजा भुगत रहे हैं।" भतीजे ने कहा।

"हम लोगों से ग़लतियां हुई हैं ?"

"मेरे पिता के ज़माने में भी यही होता था। हमारे ऐश के रास्ते में जो भी आता था, वह ज़ख़्मी हो जाता था।"

"मेरे दोस्त, जिस ढंग से मैंने ज़िन्दगी बिताई है, मैं मरते दम तक उसी ढंग को बनाए रखूंगा। लेकिन देखता हूं कि हम तुम्हें खो बैठे हैं," मार्क्विस ने कहा।

"मैंने इस जायदाद और फ्रांस, दोनों को छोड़ दिया है।"

"तुम फ्रांस को तो छोड़ सकते हो, लेकिन क्या जायदाद को छोड़ सकते हो ?"

"मेरे कहने का मतलब था कि फ़िलहाल मैं जायदाद पर दावा नहीं कर रहा। अगर जायदाद आपके बाद मुझे ..."

"मेरे ख़याल में यह मुमकिन नहीं है।"

“बीस साल बाद...”

“ख़ैर, यह तुम्हारी मेहरबानी है कि तुम मुझे ज़ीने के लिए बीस साल का अर्सा दे रहे हो।”

“तब भी मैं इस जायदाद को छोड़ दूंगा। आख़िर वह फज़ूलख़र्ची, बदइन्तज़ामी, ज़बरन वसूली, क़र्ज़, रहन, दमन, भूख और मुसीबत के सिवा है ही क्या ! इस जायदाद पर और इस सारी ज़मीन पर श्राप है !”

चचा ने पूछा, “और अपनी फिलॉसफ़ी के मुताबिक़ तुम कैसे ज़िन्दगी बसर करोगे ?”

“उसी तरह जिस तरह मेरे और देशवासी रहते हैं और किसी दिन शायद कुलीन लोगों को भी रहना पड़े – मैं काम करूंगा।”

“इंग्लैंड में ?”

“हां।”

“मालूम होता है, तुम्हारे दिल में इंग्लैंड के लिए बड़ा आकर्षण है, यह तो तुम्हारी ख़ुशहाली से ज़ाहिर है।”

“ख़ुशहाली के लिए तो मैं आपका शुक्रगुज़ार हूं – वैसे इंग्लैंड में मैंने शरण ली है।”

“डींगें मारनेवाले अंग्रेज़ों का कहना है कि वहां बहुत-से लोग शरण लेते हैं। क्या तुम अपने देशवासी एक डॉक्टर को जानते हो, जिसने वहां शरण ली है ?”

“हां”

“उनकी बेटी भी है ?”

“हां।”

मार्क्विस ने ताना मारा, “हां, इसीलिए तुम्हारी नई फिलॉसफ़ी शुरू हुई है, तुम थक गए हो, अच्छा गुडनाइट।”

मार्क्विस स्लीपर पहनकर कमरे में इधर-उधर टहलने लगे। बहुत गर्मी थी और उन्हें नींद नहीं आ रही थी।

एक साल से ज़्यादा अरसा गुज़र गया था, जब से मिस्टर चार्ल्स डॉन इंग्लैंड में फ्रेंच भाषा का अध्यापक बनकर बस गया था आज के ज़माने में वह प्रोफ़ेसर होता, उस ज़माने में वह ट्यूटर था। वह उन नौजवानों को फ्रेंच पढ़ाया करता था, जिन्हें इस ज़िन्दा भाषा में दिलचस्पी थी – वह फ्रेंच से अंग्रेज़ी में अनुवाद भी कर सकता था। उस ज़माने में ऐसे लोग मुश्किल से मिलते थे। बादशाह और शाहज़ादे अभी अध्यापक वर्ग में से नहीं आते थे और तबाह हुए रईस टेलसन के बही-खातों में से निकलकर बावर्ची और बढ़ई नहीं बनते थे। डॉर्ने को जल्द ही लोग जान गए और उसे प्रोत्साहन मिलने लगा।

लन्दन में डॉर्ने ने ऐशो-आराम की ज़िन्दगी की कल्पना नहीं की थी – वरना वह कभी ख़ुशहाल न होता। उसने मेहनत की कल्पना की थी, उसे मेहनत करनी पड़ी, यही उसकी ख़ुशहाली थी।

अपने वक़्त का कुछ हिस्सा वह कैम्ब्रिज में गुज़ारता था, जहां वह कस्टम-हाउस के ज़रिये ग्रीक और लेटिन भाषा सप्लाई करने की बजाय स्मगलर की तरह छिपकर यूरोपियन भाषाओं में व्यापार करता था। बाक़ी का वक़्त वह लन्दन में गुज़ारता था।

उस ज़माने से लेकर जब अदन के बाग़ में हमेशा बहार का मौसम रहता था, आदमी की दुनिया एक ही दिशा की तरफ़ जाती रही है – चार्ल्स डॉर्ने के रास्ते पर – औरत से मुहब्बत के रास्ते पर।

जब उसकी जान ख़तरे में थी, तभी से वह लूसी मानेत से प्यार करने लगा था, लेकिन अभी तक इस बारे में उसने लूसी से कोई बात नहीं की थी, अपने दिल की हालत नहीं बताई थी। वह जानता था कि इसके कुछ कारण थे।

बहार के मौसम में एक दिन डॉक्टर मानेत से अपने दिल की बात कहने के लिए वह सोहो की तरफ़ रवाना हुआ। वह जानता था कि लूसी इस वक़्त मिस प्रोस के साथ बाहर गई होगी।

डॉक्टर खिड़की के पास आरामकुर्सी पर बैठे पढ़ रहे थे। इन दिनों वे बहुत ज़्यादा पढ़ते थे, कम सोते थे और आसानी से थकान बरदाश्त कर लेते थे। "चार्ल्स डॉर्ने ! तुम्हें देखकर बड़ी ख़ुशी हुई। पिछले तीन या चार दिन से

हम सब तुम्हारा इन्तज़ार कर रहे थे। कल मिस्टर स्ट्रिवर और सिडनी कार्टन भी यहां आए थे", डॉक्टर ने कहा।

"मिस मानेत..."

"वह घर के किसी काम से बाहर गई है, थोड़ी देर में आ जाएगी।"

"डॉक्टर मानेत, मैं जानता था कि वे घर पर नहीं हैं। इसीलिए मैं आपसे कुछ कहने के लिए आया हूं।"

"अच्छा ? अपनी कुर्सी यहां ले आओ और जो कहना चाहते हो कहो।"

"डॉक्टर मानेत, मुझे डेढ़ साल से इस घर में आने-जाने की ख़ुशक़िस्मती हासिल हुई है। मुझे उम्मीद है कि जिस विषय पर मैं बात करना चाहता हूं ... कहीं..."

"क्या तुम्हारी बातचीत का विषय लूसी है ?"

"जी।"

"कहो।"

"आप पहले से जानते हैं कि मैं क्या कहना चाहता हूं, हालांकि आप अन्दाज़ नहीं लगा सकते कि मेरे दिल में कितनी उम्मीदें, डर और परेशानियां छिपी हैं। डॉक्टर मानेत, मैं अपने दिलो-जान से, निःस्वार्थ भाव से आपकी बेटी को चाहता हूं। अगर दुनिया में कभी मुहब्बत नाम की चीज़ रही है तो वही मुहब्बत मेरे दिल में है। आपने ख़ुद ज़िन्दगी में मुहब्बत की है, वही मेरी पैरवी करेगी।"

डॉक्टर ने अपना मुंह दूसरी तरफ़ फेर लिया और अन्तिम शब्दों को सुनकर चिल्लाया, "यह सब बन्द करो। मेहरबानी करके मुझे उस बात की याद न दिलाओ !"

इस चीत्कार में गहरी वेदना थी। जो बहुत देर तक डॉर्ने के कानों में गूंजती रही। वह ख़ामोश रहा।

"क्या तुमने लूसी से इस बारे में बात की है ?"

"नहीं ?"

"ख़त लिखा है ?"

"नहीं।"

"मैं समझता हूं कि उसके पिता का लिहाज़ करके तुमने ऐसा नहीं किया, मैं तुम्हारा कृतज्ञ हूं।"

"क्या मुझे नहीं मालूम कि आपके और मिस मानेत के बीच गहरा स्नेह है ? मैं यह भी जानता हूं कि मिस मानेत ने मां-बाप की वरद छाया के बग़ैर बचपन बिताया है। इसलिए उनके मन में बचपन का सारा स्नेह उमड़ पड़ा है।"

डॉक्टर ने सिर झुका लिया। उनकी सांस तेज़ हो गई। उन्होंने उत्तेजना के बाक़ी लक्षणों को प्रकट नहीं होने दिया।

"लेकिन मैं आपकी बेटी से प्यार करता हूं। ख़ुदा मेरा गवाह है।"

"मैं तुम्हारी बात पर यक़ीन करता हूं।"

"लेकिन यह मत समझिए कि अगर ख़ुशक़िस्मती से वे मेरी पत्नी बन गईं तो मैं आपको उनसे अलग करने की बात मन में भी ला सकूंगा – अगर ऐसा होता तो मैं इस वक़्त यहां न आता और इस पवित्र हाथ को छूने की जुर्रत न करता।"

डॉक्टर मानेत ख़ामोश रहे।

"नहीं डॉक्टर, आपकी तरह मैं भी अपनी मर्ज़ी से फ्रांस छोड़कर आया हूं। आपकी तरह वहां के अत्याचारों और दुखों से मजबूर होकर मैं यहां आया हूं और अपनी मेहनत और सुखद भविष्य की आस्था से ज़िन्दगी काट रहा हूं। मैं चाहता हूं कि मैं मरते दम तक आपका वफ़ादार रहूं और आपकी बेटी लूसी को आपके और भी ज़्यादा नज़दीक ला सकूं।"

डॉक्टर ने नज़रें उठाकर चार्ल्स की तरफ़ देखा।

"चार्ल्स डॉर्ने, मैं भी तुम्हारे सामने अपना दिल खोलकर रखूंगा। क्या तुम्हारे ख़याल में लूसी भी तुमसे प्यार करती है ?"

"नहीं, मैं ऐसा नहीं सोचता।"

"तो फिर क्या तुम मेरी सलाह चाहते हो ?"

"नहीं। लेकिन अगर आप कोई सलाह देना चाहें तो बेशक़ दें।"

"क्या तुम मुझसे कोई वादा चाहते हो ?"

"मैं जानता हूं कि आपकी सहायता के बग़ैर मैं कोई उम्मीद नहीं कर सकता। आपके मुंह से निकला एक शब्द, लूसी से शादी करने की इच्छा करनेवाले किसी भी नौजवान के पक्ष में जाएगा।"

"मेरी बेटी लूसी मेरे लिए एक रहस्य है। मैं उसके दिल का राज़ नहीं जानता।"

"तो क्या आपके ख़याल में उसके और ... चाहनेवाले भी हैं ?"

"तुमने मिस्टर कार्टन को देखा है ? मिस्टर स्ट्रिवर भी कभी-कभी यहां आते हैं। इन दोनों में से एक ही वह आदमी हो सकता है।"

"हो सकता है, दोनों लूसी को चाहते हों।"

"मैंने दोनों के बारे में नहीं सोचा, तुम मुझसे एक वादा चाहते थे, बताओ वह क्या है।"

"अगर कभी मिस मानेत अपनी मर्ज़ी से आपसे यही बात कहें तो आप मेरी बात की गवाही देंगे और मेरे ख़िलाफ़ उन पर असर डालने की कोशिश नहीं करेंगे। इस बारे में अगर आप कोई शर्त पेश करना चाहें तो वह मुझे मंज़ूर होगी।"

"मैं बिना शर्त के वादा करता हूं। मुझे तुम्हारी बात की सच्चाई और ईमानदारी में यक़ीन है। मैं मानता हूं कि तुम्हारा इरादा मेरी बच्ची और मेरे रिश्ते को तोड़ना नहीं, बल्कि मज़बूत बनाना है। अगर उसने कभी मुझसे कहा कि तुम उसकी ज़िन्दगी की ख़ुशी के लिए ज़रूरी हो तो मैं अपनी बेटी तुम्हारे हाथों में सौंप दूंगा।"

"मैं आपको बताना चाहता हूं कि मेरा असली नाम क्या है और मैं किसलिए इंग्लैंड में हूं।"

"बस करो !" डॉक्टर ने कहा और क्षण-भर के लिए अपने दोनों हाथ कानों पर रख लिए और फिर डार्ने के ओठों पर हाथ रख दिया।

"ये बातें तभी बताना, जब मैं तुमसे पूछूं । इस वक़्त नहीं। अगर लूसी से तुम्हारी शादी तय हो गई तो शादी की सुबह ये बातें बताना। वादा करते हो?"

"ख़ुशी से।"

"अपना हाथ मुझे दो। लूसी अभी लौट आएगी। अच्छा हो अगर आज रात वह हम दोनों को न देखें।"

सिडनी डॉक्टर मानेत के घर पहुंचा। लूसी बैठी काम कर रही थी। सिडनी की मौजूदगी में उसे हमेशा घबराहट महसूस होती थी।

"मुझे लगता है, आपकी तबीयत ठीक नहीं है मिस्टर कार्टन !"

"मैं जैसी ज़िन्दगी बसर करता हूं, उसमें सेहत अच्छी रह ही कैसे सकती है?"

"तो फिर उसे बदल क्यों नहीं देते?"

"उसके लिए अब वक़्त नहीं, मैं जो हूं उससे भी ज़्यादा मुझमें गिरावट आती जाएगी।"

सिडनी ने दोनों हाथों से अपने आंखें ढांप लीं।

"आप मेरी एक बात सुनेंगी, मिस मानेत !"

"अगर आपको उससे सुख मिल सके तो मैं ज़रूर सुनूंगी।"

"मेरी किसी बात से डरना मत। मैं उस आदमी की तरह हूं जो जवानी में ही मर गया हो।"

"नहीं मिस्टर कार्टन, मुझे विश्वास है कि आपकी ज़िन्दगी का सबसे अच्छा हिस्सा अभी आनेवाला है।"

"मैं इस बात को कभी नहीं भूलूंगा।"

फिर रुककर वह बोला, "मिस मानेत, अगर यह मुमकिन होता कि तुम जिस आदमी को देख रही हो, उसके प्यार के बदले में उसे प्यार दे सकतीं तो वह तुम्हें दुख और पश्चाताप के सिवा कुछ न दे सकता। मैं अच्छी तरह जानता

हूं कि तुम्हारे दिल में मेरे लिए कोई कोमल स्थान नहीं हो सकता – मैं इसकी मांग भी नहीं करता।"

"क्या मैं आपकी ज़िन्दगी को बेहतर बनाने में मदद नहीं कर सकती मिस्टर कार्टन ?"

कार्टन ने सिर हिलाया।

"मैं तुम्हें बताना चाहता हूं कि तुम मेरी ज़िन्दगी का आख़िरी सपना हो। मैं पतित हूं लेकिन इतना पतित नहीं कि तुम्हारे बनाए इस घर में तुम्हें और तुम्हारे पिता को देखकर मेरे मन में पुरानी परछाइयां न जाग सकती हों। मेरा ख़याल था कि वे परछाइयां कभी लौटकर नहीं आएंगी। मैं तुम्हें बताना चाहता हूं कि तुम्हारी प्रेरणा से यह सब हुआ है।"

"यह मेरी बदक़िस्मती है कि मुझे जानने के बाद आप पहले से ज़्यादा दुखी..."

"ऐसा मत कहो, मिस मानेत ! तुमने मुझे और आगे गिरने से बचा लिया है – क्या मैं यह उम्मीद कर सकता हूं कि मेरी ज़िन्दगी का जो आख़िरी राज़ तुम्हारे पवित्र हृदय में बन्द है, वह तुम किसी और को नहीं बताओगी ?"

"अगर आपको इससे सान्त्वना मिल सके तो मैं ऐसा ही करूंगी। यह राज़ आपका है, मेरा नहीं – में वादा करती हूं कि मैं इस राज का एहतराम करूंगी।"

"शुक्रिया, ख़ुदा तुम्हें बरकत दे। तुम फ़िक्र न करो, मैं कभी इसका ज़िक्र नहीं करूंगा।"

लूसी उसे देखकर रो पड़ी।

"मैं इस काबिल नहीं हूं, मिस मानेत, कि तुम मेरे लिए रोओ। लेकिन मेरे दिल में तुम्हारे लिए वही भावना रहेगी जो इस वक़्त है, हालांकि बाहर से मैं वही रहूंगा जो पहले था। मेरी एक आख़िरी प्रार्थना है। तुम यक़ीन करोगी ?"

"करूंगी, मिस्टर कार्टन !"

"तुम्हारे लिए और तुम्हारे किसी प्रियजन के लिए मैं कुछ भी करने को तैयार रहूंगा, बड़ी-से-बड़ी कुर्बानी भी देने को तैयार रहूंगा। वह वक़्त जल्द

ही आनेवाला है जब तुम्हारी ज़िन्दगी नए बन्धनों में बंध जाएगी – उस वक़्त कभी-कभी याद कर लेना कि दुनिया में एक ऐसा आदमी भी है जो उसे तुम्हारे नज़दीक रखने की ख़ातिर अपनी ज़िन्दगी दे सकता है।"

दिफार्ज की दुकान में आज लोग जल्द ही शराब पी रहे थे। खट्टी शराब ने लोगों को और भी ज़्यादा उदास बना दिया था। दिफार्ज वहां दिखाई नहीं दे रहा था। मदाम दिफार्ज कुर्सी पर बैठकर ग्राहकों को शराब भिजवा रही थी। सब स्थानों की तरह वहां भी जासूस मौजूद थे।

इतने में दिफार्ज सड़क की मरम्मत करनेवाले एक मज़दूर को साथ लेकर आया। एक आदमी उठकर बाहर चला गया।

"बीवी, इसे थोड़ी-सी शराब पिलाओ, इसका नाम यक है !"

दूसरा आदमी उठकर बाहर चला गया।

"चलो, मैं तुम्हें वह कमरा दिखाऊं जिसे तुम्हें देने का मैंने वादा किया था।"

ज़ीना चढ़कर वे उस बरसाती में पहुंचे, जहां सफ़ेद बालोंवाला एक बूढ़ा बेंच पर बैठकर जूते बनाया करता था। वहां वे तीनों आदमी मौजूद थे, जो एक-एक करके दुकान से निकले थे।

दिफार्ज ने सावधानी से दरवाज़ा बन्द कर दिया और दबी आवाज़ में बोला, "यक नम्बर एक, यक दो, यक तीन ! यक नम्बर चार ! यह तुम्हें आंखों देखा हाल सुनाएगा। बोलो, यक नम्बर पांच !"

"एक बरस पहले मैंने उस आदमी को मार्क्विस की गाड़ी की चेन से लटकते देखा। जब मार्क्विस ने मुझसे पूछा, उसकी शक्ल कैसी थी ? मैंने कहा, वह प्रेत की तरह लम्बा था।"

"तुम्हें कहना चाहिए था कि वह बौने की तरह छोटे क़द का था।" यह नम्बर दो ने कहा।

"इसके बाद कई महीने बीत गए। मैं पहाड़ी पर काम कर रहा था कि इतने में मैंने छः सिपाहियों को आते देखा – उनके बीचों-बीच एक लम्बा

आदमी था, जिसकी मुश्कें कसी हुई थीं – इस तरह।"

"फिर ?"

"उसने सिपाहियों के सामने यह नहीं ज़ाहिर किया कि वह मुझे पहचानता है। न ही मैंने उसे पहचाना। वे उसे बन्दूकों से धकेल रहे थे। उसके चेहरे से ख़ून बह रहा था, लेकिन वह हाथों से चेहरे को छू नहीं सकता था। वे उसे जेल ले गए। जेल का फाटक अंधेरे में उसे इस तरह निगल गया ..."

यक ने अपना मुंह पूरा खोला और फिर बन्द कर लिया।

"सुबह के वक़्त अपने औज़ार लेकर काली रोटी का कौर चबाता हुआ मैं काम पर गया। मैंने जेल के गिर्द एक चक्कर काटा – वह सीखचों के पीछे खड़ा था – वह मुर्दे की तरह मुझे देख रहा था।"

"कहते जाओ, यक," दिफार्ज ने कहा।

"गांव के लोग उसे छिप-छिपकर देखते थे। वे कहते थे कि उसे मौत की सज़ा मिली है, लेकिन हो सकता है, उसे फांसी न दी जाए – उसके प्राणों की रक्षा के लिए पेरिस में अपीलें भेजी गई हैं कि बच्चे की मौत से वह पागल हो गया है।"

यक नम्बर पांच ने कहा, "दिफार्ज अपनी जान की बाज़ी लगाकर बादशाह और मलिका की गाड़ी के सामने हाथों में अपील लेकर गया था।"

"कहते जाओ," दिफार्ज ने कहा।

"लोग फुसफुसाने लगे, क्योंकि उसने मोन्सेन्यर का क़त्ल किया है, इसलिए उसे फांसी दी जाएगी। मोन्सेन्यर अपने भूमिदासों के लिए यानी मुज़ारों के लिए पिता के समान थे। अब सबसे पहले उसके दाएं हाथ को जलाया जाएगा – उसकी बांहों, सीने और टांगों में ज़ख़्म किए जाएंगे, जिन पर उबला हुआ तेल, पिघला हुआ सीसा, गर्म बिरोज़ा, गर्म मोम और गंधक छिड़के जाएंगे, फिर चार तगड़े घोड़े उसके शरीर की धज्जियां उड़ा देंगे। कहते हैं कि एक क़ैदी को जिसने पन्द्रहवें लुई को क़त्ल करने की कोशिश की थी – इसी तरह मारा गया था।"

"सुनो यक, उस आदमी का नाम देमियन्स था और यह सब पेरिस में खुले आम हुआ था। फ़ैशनेबिल महिलाएं अंधेरा होने तक बैठी रही थीं। उस

वक़्त तक क़ैदी दोनों टांगें और एक बांह खोकर भी सांस ले रहा था," बेचैन आदमी ने कहा।

"बस, बहुत हो चुका। 'शैतान ज़िन्दाबाद' कहते जाओ यक !"

"एक इतवार को जब सारा गांव सो रहा था, सिपाही आए और चश्मे के किनारे चालीस फ़ुट ऊंची फ़ांसी की टिकटी खड़ी की गई – जिसने चश्मे के पानी को ज़हरीला बना दिया। दोपहर के वक़्त नगाड़े बजे। क़ैदी को जेल से लाया गया। उसके मुंह में कपड़ा ठूंसा हुआ था – टिकटी के ऊपर चाकू लगाया गया – उसे फ़ांसी दे दी गई और उसकी लाश चालीस फ़ुट की ऊंचाई पर लटकने लगी ! भला औरतें और बच्चे चश्मे से पानी भरने कैसे जाते ? लाश की परछाईं गिरजाघर पर, पनचक्की पर, जेल पर, सारी धरती पर जहां आकाश टिका है, फैल गई !"

नम्बर एक ने पूछा, "तुम्हारा क्या ख़याल है यक ! इसका नाम रजिस्टर में दर्ज करना चाहिए ?"

"ज़रूर करना चाहिए। क़िले को और सारे ख़ानदान को भी ख़त्म करना होगा।"

यक नम्बर दो ने पूछा, "हमारे सिवा इस रजिस्टर के बारे में और कोई नहीं जानता, लेकिन क्या हम मौक़ा आने पर सारी फेहरिस्त पढ़ सकेंगे ? मदाम पढ़ लेंगी ?"

दिफार्ज ने कहा, "मदाम दिफार्ज में यक़ीन रखो, उसकी याददास्त के रजिस्टर में सब सुरक्षित रहेगा। यह आदमी बादशाह, मलिका और दरबारियों को देखना चाहता है। इतवार को सही। अगर आप चाहते हैं कि बिल्ली दूध पिए तो उसे दूध दिखा दो, कुत्ते को अक़्लमन्दी से उसका शिकार दिखा दो, ताकि वह किसी दिन उस शिकार को दबोच ले।"

इतवार के दिन जब भीड़ बादशाह और मलिका को देखने के लिए जमा हुई तो उस वक़्त भी मदाम दिफार्ज बुनाई कर रही थी।

"आप बड़ी मेहनत करती हैं मदाम," पास खड़े एक आदमी ने कहा।

"हां, मुझे बहुत काम रहता है।"

"आप क्या बुनती हैं, मदाम ?"

"बहुत-सी चीज़ें।"

"मिसाल के लिए ?"

"मिसाल के लिए कफ़न," मदाम दिफार्ज ने संयत स्वर में कहा।

बादशाह और मलिका अपनी सोने की गाड़ी में बैठकर आए। उनके पीछ-पीछे गाड़ियों में हंसती हुई महिलाएं और लॉर्ड थे – वे गहनों, पाउडर और रेशमी पोशाकों में जगमगा रहे थे। सड़क की मरम्मत करनेवाला मज़दूर ज़ोर से चिल्लाया, "बादशाह ज़िन्दाबाद ! मालिका ज़िन्दाबाद !"

दिफार्ज ने उसके कान में कहा, "तुम बड़े काम के आदमी हो। तुम इन बेवक़ूफ़ों को यक़ीन दिलाते हो कि यह तमाशा हमेशा जारी रहेगा। इससे उनकी गुस्ताख़ी और भी बढ़ जाती है और तमाशे का अन्त नज़दीक आता जाता है। ये बेवक़ूफ़ कुछ देर और धोखे में रहें तो अच्छा है।"

"अगर तुम्हें गुड़ियों के बड़े-से ढेर में से गुड़ियों को नोचने के लिए कहा जाए तो तुम सबसे ख़ूबसूरत और रंगीन गुड़ियों को ही चुनोगे न ?" मदाम दिफार्ज ने मज़दूर से पूछा।

"यह सच है, मदाम।"

"अगर तुम्हें परिन्दों का ऐसा झुंड दिखाया जाए जो उड़ने में असमर्थ हो और कहा जाए कि उनके पंख नोचने में तुम्हारा फ़ायदा है, तो तुम सबसे शानदार पंखोंवाले परिन्दों को चुनोगे न ?"

"यह सच है, मदाम।"

"तो आज तुमने गुड़ियां भी देख लीं और परिन्दे भी। अब घर जाओ।" मदाम दिफार्ज ने अपने पति से पूछा, "कहो मेरे दोस्त, आज पुलिसवाले यक ने तुम्हें क्या बताया ?"

"हमारे यहां एक और जासूस तैनात किया गया है।"

"अच्छा ? रजिस्टर में उसका नाम दर्ज करना ज़रूरी है। उसका नाम क्या है ?"

"बर्सा, यह अंग्रेज़ है। जॉन बर्सा।"

"शक्ल-सूरत के बारे में कुछ पता है ?"

"उम्र क़रीब चालीस बरस, क़द पांच फुट नौ इंच। काले बाल, सांवला रंग, ख़ूबसूरत चेहरा, लम्बी नाक।"

"अपनी क़सम, यह तो अच्छी-ख़ासी तस्वीर है। कल ही उसका नाम रजिस्टर में दर्ज हो जाएगा।" मदाम दिफार्ज ने हंसते हुए कहा।

दुकान के आसपास गन्दी बस्ती थी। वहां से भयंकर बदबू उठ रही थी। रात गर्म थी।

"तुम थक गए हो," मदाम दिफार्ज ने कहा।

"इन्तज़ार करते-करते बहुत अर्सा हो गया।"

"इन्तज़ार कब नहीं करना पड़ता ? बदले के लिए लम्बा वक़्त चाहिए – यही क़ायदा है।"

"बिजली को पैदा होने में भला कितनी देर लगती है ?"

"भूचाल शहर को फ़ौरन लील जाता है, लेकिन यह बताओ कि भूचाल को बनने में कितनी देर लगती है ? लेकिन जब भूचाल आता है तो हर चीज़ को पीसकर रख देता है। आने से पहले भूचाल आने की तैयारी करता है। वह न किसी को दिखाई देता है, न उसकी आवाज़ ही सुनाई देती है। यही सोचकर तसल्ली रखो," मदाम दिफार्ज ने कहा।

"मेरी बहादुर बीवी, मैं इस बात से इनकार नहीं करता। लेकिन मुमकिन है कि यह भूचाल हमारे जीते-जी न आए।"

"तो क्या हुआ ? हम इसे लाने में मदद तो करेंगे। हमारा कोई भी काम व्यर्थ नहीं जाता। अगर मेरे सामने किसी कुलीन आदमी और ज़ालिम की गर्दन आ जाए तो मैं..."

"बस करो – मौक़ा आने पर मैं भी नहीं चूकूंगा।" दिफार्ज का चेहरा लाल हो गया – जैसे उस पर बुज़दिली का इल्ज़ाम लगाया गया हो। शादी के

दिन लूसी, मिस्टर लोरी और मिस प्रोस गिरजाघर जाने के लिए तैयार खड़े थे। भीतर बन्द कमरे में डॉक्टर मानेत चार्ल्स से बातचीत कर रहे थे।

"अच्छा तो मैं नन्ही-सी लूसी को इस दिन के लिए चैनल के पार लाया था ! मुझे क्या पता था कि मैं अपने दोस्त मिस्टर चार्ल्स पर इतना बड़ा उपकार करूंगा," मिस्टर लोरी ने कहा।

मिस प्रोस ने कहा, "क्या बकवास है, आपको ये बातें मालूम हो ही कैसे सकती थीं।"

"लेकिन तुम रो क्यों रही हो ?"

"मैं कहां रो रही हूं, आप रो रहे हैं। आपने लूसी को तोहफ़े में चांदी के जितने शानदार बर्तन दिए हैं, उन्हें देखकर किसी को भी रोना आ जाएगा।"

"मैं सोच रहा हूं, इन पचास बरसों में मेरी भी पत्नी हो सकती थी," मिस्टर लोरी ने कहा।

"वाह ! आप तो पैदायशी क्वांरे हो !" मिस प्रोस ने कहा।

डॉक्टर के कमरे का दरवाज़ा खुला और दोनों जने बाहर निकले। डॉक्टर के चेहरे पर मौत का पीलापन छाया था, लेकिन वे अपनी बेटी की बांह पकड़कर नीचे गाड़ी में आकर बैठ गए। शादी की रस्म बड़ी ख़ुशी से पूरी हो गई।

डॉक्टर मानेत ने कहा, "चार्ल्स, अब लूसी तुम्हारी है।"

चार्ल्स और लूसी नौ दिन के लिए बाहर चले गए।

मिस्टर लोरी ने देखा कि डॉक्टर में बहुत तबदीली आ गई थी।

मिस प्रोस ने भयभीत स्वर में कहा, "हाय, मैं लेडीबर्ड को क्या बताऊंगी ? डॉक्टर मुझे पहचान तक नहीं रहे और फिर जूते बना रहे हैं।"

मिस्टर लोरी ने डॉक्टर के कमरे में जाकर देखा कि वे बड़ी संजीदगी से अपने काम में लगे हुए हैं।

"डॉक्टर मानेत ! मेरे प्यारे दोस्त, डॉक्टर मानेत !" डॉक्टर ने क्षण-भर के लिए नज़रें ऊपर उठाईं, फिर काम में लग गए।

मिस्टर लोरी ने देखा, डॉक्टर उसी पुरानी शक्ल और नाप का जूता बना रहे थे, जैसा कि उन्होंने पेरिस में कभी बनाया था।

"यह क्या है ?"

"एक लड़की के लिए सैर करने का जूता बना रहा हूं। यह काम मुझे बहुत दिन पहले की ख़त्म कर देना चाहिए था।"

मिस्टर लोरी के दिमाग़ में फ़ौरन दो बातें आईं, पहली यह कि इस बात को लूसी से छिपाकर रखना चाहिए, दूसरी यह कि किसी और को भी इसका पता नहीं चलना चाहिए। इसलिए सबसे यह कहा गया कि डॉक्टर बीमार हैं और वे कुछ दिनों के लिए पूरी तरह से आराम करेंगे।

ज़िन्दगी में पहली बार मिस्टर लोरी ने बैंक से छुट्टी ली और वे उसी कमरे में खिड़की के पास बैठकर डॉक्टर की निगरानी करने लगे। रात को वे और मिस प्रोस बारी-बारी से वहां बैठते थे। डॉक्टर रात को बहुत देर तक चहलक़दमी करते रहे और अगले दिन सुबह उठकर फिर काम में जुट गए।

इसी तरह एक-एक करके नौ दिन बीत गए।

लूसी इस बात से बेख़बर और सुखी थी।

रात को जब डॉर्ने सोने के लिए अपने कमरे में आया तो उसने लूसी की कमर में हाथ डालकर पूछा –

"तुम किस सोच में हो लूसी ?"

"क्या तुम वादा करते हो कि मुझसे एक सवाल कभी नहीं पूछोगे ?"

"अपनी प्यारी से भला मैं कौन-सा वादा नहीं कर सकता ?"

"मेरा ख़याल है कि तुमने आज मिस्टर सिडनी कार्टन के प्रति जो सम्मान दिखाया है, वह उससे कहीं ज़्यादा सम्मान का हक़दार है।"

"क्यों ?"

"यही सवाल तुम मुझसे कभी मत पूछना। लेकिन मेरा ख़याल है – मैं जानती हूं।"

"तुम जानती हो, मेरे लिए बस इतना ही काफ़ी है। तुम मुझसे क्या चाहती हो ?"

"मैं चाहती हूं कि जब वह मौजूद न हो तब भी तुम उसके प्रति हमेशा सहृदयता दिखाओ। उसके दिल पर बड़े गहरे जख़्म हैं, मेरे प्यारे ! मैंने उस दिल में से ख़ून टपकते हुए देखा है। मुझे यक़ीन है कि वह बड़े नेक और सहृदय काम कर सकता है।"

"मैं इस बात को हमेशा याद रखूंगा। जब तक ज़िन्दा हूं, तब तक !"

लूसी शान्त घर के कोने में बैठकर समय के क़दमों की आहट सुनती रही। कुछ दिन ऐसे भी आए जब वह पूरी तरह सुखी थी, लेकिन उसकी आंखें गीली हो जाती थीं, उसके दिल में उम्मीदें और सन्देह उमड़ आते थे। उसे लगता था कि वह जल्द ही मर जाएगी और उसका पति अकेला रह जाएगा और दुखी होगा।

वह दिन बीत गए और उसकी बच्ची – नन्ही लूसी – के क़दमों की आहट और तुतलाहट घर में गूंजने लगी। उसके बाद और नई गूंजें उसकी ज़िन्दगी में आईं। घर में एक बेटे की हंसी गूंजने लगी, लेकिन बच्चों का अलौकिक दोस्त बेटे को अपनी बांहों में उठाकर ले गया। तकिये पर लेटे सुनहरी बालोंवाले लड़के ने मुस्कुराकर कहा; "प्यारे पापा और मामा, मुझे अफ़सोस है कि मैं आप दोनों को और अपनी प्यारी बहन को छोड़कर जा रहा हूं लेकिन मुझे बुलावा आया है, जाना ही पड़ेगा।"

नन्ही लूसी मां के पास बैठकर गुड़िया को कपड़े पहनाती थी और दो शहरों की ज़बान में तुतलाती थी जो उसकी ज़िन्दगी में घुलमिल गई थी।

सिडनी कार्टन साल में क़रीब छः बार बिना बुलाए आता था और सारे परिवार के बीच शाम गुज़ारकर चला जाता था। अब वह कभी शराब पीकर नहीं आता था। नन्ही लूसी ने सबसे पहले उसी के आगे अपनी गुदगुदी बांहें फैलाई थीं और नन्हा लड़का भी आख़िरी दम तक उसी का ज़िक्र करता रहा था। "बेचारा कार्टन ! मेरी तरफ़ से उसे एक चुम्बन देना !"

स्ट्रिवर अमीर हो गया था। उसने एक जायदादवाली विधवा से शादी कर ली थी, जिसके तीन बेटे भी थे। स्ट्रिवर ने चार्ल्स डॉर्ने से कहा था कि वह उन तीनों लड़कों को तालीम दे, लेकिन जब चार्ल्स ने इनकार कर दिया तो वह शराब के नशे में अपनी बीवी को बताया करता था कि किस तरह मिसेज़ डॉर्ने ने उसे 'फंसाने' की कोशिश की थी।

नन्ही लूसी अब छः बरस की हो गई थी। डॉक्टर अपनी बेटी से कहते थे कि वह पहले से भी ज़्यादा उनकी सेवा करती है। पति पूछता था, "मेरी प्रियतमा, तुम हम सबकी सब कुछ हो, इसमें आख़िर क्या रहस्य है ?"

लेकिन नन्ही लूसी के छठे जन्मदिन के बाद फ्रांस में एक भयंकर तूफ़ान उठा, जैसे समुद्र में ज्वार आ गया हो।

सत्रह सौ नवासी की जुलाई की रात को मिस्टर टेलसन ने बैंक से लौटकर उन्हें बताया, "पेरिस मे इतनी बेचैनी है कि लोग तेज़ी से अपना सामान इंग्लैंड भेज रहे हैं। बैंक का काम बहुत बढ़ गया है।"

"आसार अच्छे नहीं मालूम होते," डॉर्ने ने कहा।

पेरिस के मुहल्लों में बन्दूकें, कारतूस, बारूद, लोहे की सलाख़ें, चाकू, कुल्हाड़ियां बांटी जा रही थीं। जिन लोगों को कुछ नहीं मिला था, वे दीवारों के पत्थर उखाड़ रहे थे। हर नाड़ी और दिल की धड़कन तेज़ हो गई थी, हर आदमी अपनी ज़िन्दगी को क़ुर्बान करने के लिए बेचैन हो उठा था।

जिस तरह उबलते हुए पानी का एक केन्द्र होता है, दिफार्ज का शराबख़ाना भी इस उबाल का केन्द्र था। बारूद और पसीने में लथपथ दिफार्ज लोगों में हथियार बांट रहा था उन्हें आदेश दे रहा था :

"मेरे नज़दीक रहना यक नम्बर तीन ! यक नम्बर एक और दो, तुम जाकर दूसरे देशभक्तों की रहनुमाई करो। मेरी बीवी कहां है ?"

"यह लो मैं आ गई !" मदाम दिफार्ज हमेशा की तरह संयत थी, लेकिन बुनाई की जगह उसके हाथ में कुल्हाड़ी थी और कमर में एक पिस्तौल और

ख़ूंख़ार चाकू था।

"कहां जा रही हो, मेरी बीवी ?"

"फ़िलहाल तो मैं तुम्हारे साथ चलूंगी। धीरे-धीरे तुम मुझे औरतों की रहनुमाई करते हुए देखोगे।"

दिफार्ज की आवाज़ गूंज़ उठी, "आओ दोस्तो और देशभक्तो, हम तैयार हैं ! बास्तील (पेरिस की जेल) की तरफ़ चलो !"

शहर में ख़तरे की घंटियां बज उठीं, नगाड़े बजने लगे, हमला शुरू हो गया।

गहरी खाई, पुल, पत्थर की ठोस दीवारें, आठ बड़ी मीनारें, तोपें, बन्दूकें, आग और धुआं ! "काम करते जाओ साथियो ! यक नम्बर एक, यक दो, यक एक हज़ार, दो हज़ार, पच्चीस हज़ार !" शराबख़ाने का दिफार्ज अभी भी तोप में गोला भर रहा था।

मदाम दिफार्ज चिल्लाई, "जब बास्तील पर क़ब्ज़ा हो जाएगा तो हम भी मर्दों की तरह जानें ले सकती हैं।"

चार घंटों के बाद क़िले के भीतर सफ़ेद झंडा दिखाई दिया, जनसमुद्र बास्तील जेल के भीतर दाख़िल हो गया। चारों तरफ़ कोलाहल था।

"क़ैदी !"

"दस्तावेज़ !"

"गुप्त तहख़ाने !"

"क़ैदियों को सताने के औज़ार !"

अफ़सरों को धमकी दी गई कि अगर उन्होंने भीड़ से कोई भी जगह छिपाई तो उन्हें जान से ख़त्म कर दिया जाएगा।

"मुझे नॉर्थ टॉवर में ले चलो ! जल्दी करो !"

"वहां कोई नहीं है।"

"एक सौ पांच नॉर्थ टॉवर का क्या मतलब है ?"

"यह एक कोठरी है।"

अंधेरे ज़ीने से, जहां कभी सूरज की रोशनी नहीं आई थी, सन्तरी, दिफार्ज और यक नम्बर तीन एक अंधेरी कोठरी के आगे पहुंचे।

सन्तरी ने दरवाज़े में चाबी घुमाई। "यही है एक सौ पांच नॉर्थ टॉवर।"

दीवार में मोटे सींखचोंवाली एक खिड़की थी, जिसके आगे पत्थर की ओट थी। क़ैदी झुककर ही आसमान की एक झलक देख सकता था।

"दीवारों पर मशाल की रोशनी डालो।" दिफार्ज ने सन्तरी को हुक्म दिया।

"यह देखो यक, क्या लिखा है ?"

"ए. एम. ।"

"अलेक्ज़ान्द्र मानेत ! तुम्हारे हाथ में सलाख़ है ? इधर लाओ !" दिफार्ज ने दीमक की खाई मेज़ और स्टूल के टुकड़े-टुकड़े कर दिए।

"रोशनी इधर लाओ ! बिस्तर को चाकू से फाड़कर भूसे में तलाशी लो।"

दिफार्ज ने बड़ी सावधानी से चिमनी के एक छेद में हाथ डालकर तलाशी ली।

लकड़ी के टुकड़ों और भूसे को आग लगाकर वे फिर बाहर आ गए।

बास्तील के गवर्नर ने लोगों पर गोलियां चलाई थीं, उसे गिरफ़्तार कर लिया गया। बहुत अर्से के बाद लोगों के ख़ून की कुछ क़ीमत आंकी जाने लगी थी। गवर्नर के चेहरे और पीठ पर लोग घूसों और छुरों से प्रहार करने लगे। गवर्नर घड़ाम-से नीचे गिर पड़ा। मदाम दिफार्ज ने उसकी गर्दन पर पैर रखकर अपने ख़ूंख़ार छुरे से उसका सिर धड़ से अलग कर दिया।

जिन सात क़ैदियों को इस तूफ़ान ने उनकी ज़िन्दा क़ब्रों में से रिहाई दिलाई थी, उन्हें भीड़ कन्धों पर उठाकर ले जा रही थी। सात भालों की नोकों पर ख़ून से सने सिर उठाए, आठ मज़बूत मीनारों के तालों की चाबियां, क़ैदियों के कुछ ख़त और कुछ ऐसी ही निशानियां लेकर जुलूस पेरिस की गलियों में से गुज़र रहा था। ख़ुदा इन क़दमों को लूसी डॉर्ने की ज़िन्दगी से दूर रखे, क्योंकि वे पागल और ख़तरनाक हैं – एक बार जब उन पर लाल धब्बे लग जाएं तो

वह आसानी से नहीं छूटते।

मदाम दिफार्ज अपनी सखियों के साथ बैठकर बुनाई कर रही थी। भूख से पीड़ित एक किरानाफ़रोश की नाटी बीवी भी उसके पास बैठी थी, जिसकी बहादुरी के लिए लोग उसे 'प्रतिशोध' कहकर पुकारने लगे थे।

अचानक प्रतिशोध ने कहा, "ख़ामोश ! देखो, कौन आया है !"

"दिफार्ज ! देशभक्तो, ख़ामोश हो जाओ।"

"कहो, क्या ख़बर है ? मेरे शौहर ?"

"दूसरी दुनिया की ख़बर। तुम लोगों को बूढ़े फोलों की याद है, जिसने भूख से मरते हुए लोगों को घास खाने की सलाह दी थी और जो मरने के बाद जहन्नुम चला गया था। वह ज़िन्दा है ! उसने डर के मारे झूठ-मूठ अपना जनाज़ा निकलवा दिया था। उसे क़ैद कर लिया गया है !"

दिफार्ज और उसकी बीवी ने एक-दूसरे की तरफ़ देखा।

"देशभक्तो ! हम लोग तैयार हैं न ?"

फ़ौरन मदाम दिफार्ज ने कमर में छुरा खोंस लिया। सब लोग अपने हथियार लेकर सड़क पर आ गए। औरत को देखकर तो ख़ून जम जाता था। वे घर-बार और बच्चों को छोड़कर बाल खोले एक-दूसरे को पागलपन के लिए उकसाती हुई भाग रही थीं। बीसियों और छातियां पीट रही थीं और अपने बाल नोच रही थीं।

"फोलों ज़िन्दा है, जिसने भूखे लोगों को घास खाने के लिए कहा था ! शौहरो ! भाइयो ! नौजवानो ! हमें इस फोलों का ख़ून चाहिए ! सिर चाहिए ! दिल चाहिए ! उसके टुकड़े-टुकड़े करके धरती में गाड़ दो ताकि वहां घास उग सके !"

भीड़ से हॉल ठसाठस भर गया। मदाम दिफार्ज ने अपने छुरे से इशारा करके कहा, "वह देखो ! बूढ़ा बदमाश रस्सियों से बंधा है ! उसकी पीठ पर घास बांधकर लोगों ने अच्छा ही किया ! हा, हा ! अब इसे घास खाने दो !" मदाम दिफार्ज तालियां पीटने लगी, जैसे कोई नाटक देख रही हो।

सैकड़ों लोग फोलों को घसीटकर उसके चेहरे पर घास फेंक रहे थे। उसे

घसीटकर सड़क के एक कोने में ले जाया गया, जहां फ़ांसी का रस्सा लटक रहा था। रस्सा बार-बार उसके वज़न से टूट जाता था। जल्द ही उसका सिर भाले की नोंक पर लटका दिया गया। उसके मुंह में घास ठुंसी हुई थी।

अंधेरा होने पर ये मर्द और औरतें घर लौटे। नानबाई की दुकान के आगे घटिया रोटी खरीदनेवालों की कतारें लग गईं। सबके पेट ख़ाली थे। वक़्त गुज़ारने के लिए वे आज की जीतों को याद करके एक-दूसरे से गले मिल रहे थे, सड़कों पर आगें जलाई गईं, जहां पड़ोसियों ने मिलकर खाना पकाया।

दिफार्ज ने अपनी बीवी से कहा, "आख़िर वह दिन आ ही गया।"

उस गांव में जहां वह मज़दूर रोज़ सड़क की मरम्मत करने जाता था, तब्दीलियां आ गई थीं। पहाड़ी पर बने क़िले पर सिपाहियों का पहरा रहता था, और सिपाहियों पर पहरा देने के लिए अफ़सर तैनात किए गए थे। लेकिन कोई नहीं जानता था कि किस वक़्त सिपाही क्या कर बैठें।

आसपास के देहातों में तबाही के सिवाय कुछ नहीं था। हर हरी पत्ती, घास और अनाज की बाली सूख गई थी, दुखी लोगों की तरह हर चीज़ निराश और मुसीबतज़दा थी, मकान, मेड़ें, पालतू जानवर, मर्द, औरतें, बच्चे और ज़मीन, जिसने उन्हें जन्म दिया था, थक गए थे। मोन्सेन्यर के वर्ग के लोग ही इस स्थिति के लिए ज़िम्मेदार थे। बीसियों बरसों से वे गांवों को लूटते आए थे और शिकार करने के अलावा कभी वहां नहीं आते थे।

"कहो यक कैसे हालचाल हैं ?"

"सब ठीक है यक।"

"आज रात को ?" सड़क-मज़दूर ने पूछा।

"हां, आज रात को।"

रात को लोग घरों से बाहर निकलकर फुसफुसाने लगे। मोसिये गाबेल को, जो वहां के सबसे बड़े अधिकारी थे, बेचैनी महसूस होने लगी, उन्होंने गिरजे के अधिकारी को ख़बर भेज दी कि हो सकता है, घंटा बजाने की ज़रूरत पड़े।

रात गहरी हो गई। कुछ ही देर में मोन्सेन्यर के देहाती क़िले में से आग की लपटें उठने लगीं।

चश्मे के किनारे खड़े लोग आसमान में उठते आग के स्तम्भ को देखकर कहने लगे, "यह चालीस फुट ऊंचा ज़रूर होगा।" मोन्सेन्यर के क़िले में से एक घुड़सवार सरपट घोड़ा दौड़ाता हुआ पहाड़ी पर पहुंचा, जहां अफ़सर और सिपाही आग की लपटों को देख रहे थे। उसने कहा, "क़िले में आग लग गई है। क़ीमती सामान अभी भी बचाया जा सकता है। मदद ! मदद !" अफ़सर सिपाहियों की तरफ़ देखने लगे जो आग की तरफ़ देख रहे थे। अफ़सरों ने कन्धे झटकर कहा, "जलने दो।"

अगले दिन शान्त सड़कों पर गांव के कई अधिकारियों की लाशें रस्सियों पर झूलती हुई दिखाई दीं।

समुद्र का ज्वार बढ़ता जाता था। मोन्सेन्यर वर्ग के लोग फ्रांस से भाग रहे थे। ताज़ा ख़बरों के अनुसार शाही दरबार में साज़िश, भ्रष्टाचार के गढ़ को तोड़ दिया गया था, बादशाह और मलिका को भी महल में घेरकर ख़त्म कर दिया गया था।

लन्दन का टेलसन बैंक मोन्सेन्यर वर्ग की हलचलों का केन्द्र बन गया था। कुछ रईसों को पहले ही इस तूफ़ान के आने का एहसास हो गया था। वे जानते थे कि उनकी जायदादें ज़ब्त कर ली जाएंगी, इसलिए उन्होंने पहले से की रक़म पूंजी और क़ीमती सामान बैंक में जमा करवा दिया था। फ्रांस से आनेवाला हर आदमी पहले टेलसन बैंक जाता था। अक्सर बैंक की खिड़कियों पर ताज़े समाचार लिखकर टांग दिए जाते थे ताकि जनता उन्हें पढ़ सके।

एक दिन दोपहर को मिस्टर लोरी अपने डेस्क के आगे बैठे थे। उनमें और चार्ल्स डॉर्नें में बातें हो रही थीं।

"मौसम ख़राब है, सफ़र लम्बा है। देश में उपद्रव हो रहा है, और पेरिस में तो आपकी ज़िन्दगी को भी ख़तरा हो सकता है।"

"मेरे प्यारे चार्ल्स ! मुझ जैसे बूढ़े को भला कौन कुछ कहेगा ? और इस

हालत में अगर टेलसन फ़र्म की ख़ातिर मैं ही ये छोटी-मोटी तकलीफ़ें बरदाश्त करने के तैयार न हुआ तो कौन वहां जाएगा ?" मिस्टर लोरी ने जवाब दिया।

"काश, मैं वहां जा सकता !"

"बहुत ख़ूब ! तुम तो ख़ुद फ्रांसीसी हो। तुम कैसे जाओगे ? तुम नहीं जानते, किसी वक़्त भी लोग हमारे काग़ज़ात जला सकते हैं। बैंक को इन दिनों बहुत ज़्यादा दिक़्क़त का सामना करना पड़ रहा है। मुझे फ़ौरन वहां जाकर काग़ज़ों को छांटना चाहिए। पूरे साठ बरस तक टेलसन फ़र्म का नमक खाने के बाद अब मैं कायरता दिखाऊंगा ?"

"क्या आप सचमुच आज रात ही जा रहे हैं ?"

"हां"

"आपके साथ कौन जाएगा ?"

"सिर्फ़ जेरी, क्योंकि वह बहुत अर्से से मेरा अंगरक्षक रहा है। लोग उसे सिर्फ़ अंग्रेज़ बुल डॉग समझेंगे।"

इसी वक़्त मिस्टर लोरी को एक लिफ़ाफ़ा लाकर दिया गया, जिस पर लिखा था –

"बहुत ज़रूरी ! मार्क्विस एव्रेमोन्द ! मार्फ़त मैसर्स़ टेलसन एंड कम्पनी, लन्दन, इंग्लैंड।"

शादी के दिन डॉक्टर मानेत से चार्ल्स ने प्रार्थना की थी कि वह किसी को न बताए कि यह नाम उसी का है। यहां तक कि उसकी बीवी को भी इसका पता नहीं था।

"मैंने यहां सबसे पता किया है। कोई इस नाम के सज्जन को नहीं जानता।"

"मैं इस आदमी को जानता हूं," डॉर्ने ने कहा।

"तुम इस ख़त को उस तक पहुंचा दोगे ?" मिस्टर लोरी ने पूछा।

"हां।"

डॉर्ने ने एक कोने में जाकर ख़त खोलकर पढ़ा :

आबे जेल, पेरिस
जून 21, 1792

मार्क्विस महोदय,

गांव के लोगों ने मुझे पकड़ लिया था। मैं बड़ी मुश्किल से पैदल चलकर पेरिस पहुंचा हूं। मुझे अदालत के सामने पेश किया जाएगा और अगर आप मेरी मदद नहीं करेंगे तो मुझे अपनी जान से हाथ धोना पड़ेगा। मुझ पर इल्ज़ाम लगाया गया है कि मैंने एक प्रवासी की सहायता करके जनता से गद्दारी की है। क्या आप मुझे छुड़ाने नहीं आएंगे ? मेरा यही क़सूर है कि मैं आपके प्रति वफ़ादार रहा हूं। मार्क्विस महोदय, आप भी मेरे प्रति वफ़ादारी दिखाएं।

आपका
दुखी गाबेल

चार्ल्स को लगा जैसे ख़ानदान के पुराने नौकर का वह ख़त उसको लानत भेज रहा है।

चार्ल्स ने पेरिस जाने का निश्चय किया। उसने तय किया कि लूसी और उसके पिता को उसके जाने की कोई ख़बर नहीं होनी चाहिए, ताकि लूसी को उससे विदा लेते समय दुख न हो।

वह बहुत देर तक चहलक़दमी करता रहा, फिर मिस्टर लोरी से मिलने आया। गाड़ी तैयार खड़ी थी।

"मैंने वह ख़त पहुंचा दिया है। क्या आप ज़बानी उस आदमी तक जवाब पहुंचा देंगे ?"

"ज़रूर, उसका नाम क्या है ?"

"गाबेल ! वह आबे की जेल में क़ैद है।"

"उसे क्या सन्देश देना होगा ?"

"यही कि उसने जिसे ख़त भेजा है, वह कल रात यहां से पेरिस के लिए रवाना हो जाएगा।"

मिस्टर लोरी ने चलते वक़्त कहा, "लूसी को और नन्ही लूसी को मेरा प्यार देना। जब तक मैं लौट न आऊं, उनकी अच्छी तरह देखभाल करना।"

रात के वक़्त बैठकर चार्ल्स ने दो ख़त लिखे। एक लूसी के नाम था, जिसमें पेरिस जाने का कारण बताया गया था और विश्वास दिलाया गया था कि पेरिस में उस पर कोई आंच नहीं आएगी। दूसरा ख़त डॉक्टर के नाम था, जिसमें लिखा था कि वे उसके पीछे लूसी की देखभाल करें। उसने लिखा कि वह फ्रांस पहुंचते ही उनको ख़त लिखेगा।

चार्ल्स ने अगले दिन ये दोनों ख़त एक विश्वस्त पोर्टर को दे दिए और कहा कि वह आधी रात से पहले उन्हें लूसी को न दे। इसके बाद वह डोवर के लिए रवाना हो गया। क़ैदी की पुकार उसके दिल को सहारा दे रही थी, "ख़ुदा के लिए, इन्साफ़ के नाम पर मुझे बचाइए।"

पेरिस जानेवाले मुसाफ़िर को बहुत-सी तकलीफ़ों का सामना करना पड़ता था। हर शहर के फाटक और गांव की चुंगी के आगे देशभक्तों के दल खड़े रहते थे जो मुसाफ़िरों के कागजात देखते थे और स्वतन्त्रता, समता और भाईचारे पर आधारित नए गणतन्त्र के नाम पर अपनी फेहरिस्तों में उनका नाम तलाश करते थे और अपनी मर्ज़ी के मुताबिक़ उन्हें रोक लेते थे या आगे जाने देते थे।

दिन में बीस बार उसे रास्ते में रोक लिया जाता था या पीछे से घुड़सवार आकर उसे वापस लौटने पर मज़बूर करते थे।

मुसीबतज़दा गाबेल के ख़त की मदद से चार्ल्स इतनी दूर तक सफ़र कर सका था।

आधी रात को एक छोटी-सी सराय में एक अधिकारी और तीन सशस्त्र सैनिकों ने उसे आकर जगाया। "प्रवासी ! मैं तुम्हें एक सिपाही की निगरानी में पेरिस भेज रहा हूं।" अधिकारी ने कहा।

मैं ख़ुद पेरिस पहुंचने के लिए उत्सुक हूं। सिपाही बग़ैर भी काम चल सकता है।"

"ख़ामोश रहो रईस ! तुम रईस को इसलिए तुम्हारे साथ सिपाही जाएगा और तुम्हें उसका ख़र्च देना पड़ेगा।"

जब वे बोवे शहर में पहुंचे तो लोगों की भीड़ ज़ोर से चिल्ला उठी, "प्रवासी, मुर्दाबाद !"

चार्ल्स ने कहा, "दोस्तो, मुझे प्रवासी क्यों कहते हो ? देखते नहीं कि मैं अपनी मर्ज़ी से फ्रांस में आया हूं ? में देशद्रोही नहीं हूं।"

"यह झूठ बोलता है। नए आदेश के मुताबिक़ तो हर प्रवासी को मौत की सज़ा मिली है। जो भी फ्रांस लौटेगा उसे मौत की सज़ा दी जाएगी।"

"यह आदेश कब जारी हुआ था ?"

"चौदह को।"

"जिस दिन मैं इंग्लैंड से रवाना हुआ था ?"

रास्ते में रात के वक़्त भी लोग एक-दूसरे के हाथ पकड़कर गोल दायरे में खड़े आज़ादी के गीत गा रहे थे।

सवेरे के वक़्त वे पेरिस की दीवार के पास पहुंच गए। वहां भी कड़ा पहरा था।

"इस क़ैदी के काग़ज़ात कहां हैं ?"

चार्ल्स को एक अफ़सर के सामने ले जाया गया।

"क्या यही प्रवासी एव्रेमोन्द है ?"

"हां, यही है।"

"तुम शादीशुदा हो, एव्रेमोन्द ?"

"हां"

"तुम्हारी बीवी कहां है ?"

"इंग्लैंड में।"

"तुम्हें ला फोर्स के जेल में भेजा जाता है।"

"किस क़ानून के मुताबिक़ ? किस जुर्म के लिए ?"

"अब फ्रांस में नए क़ानून हैं और नए जुर्म हैं," अफ़सर ने कठोर मुस्कान के साथ कहा।

चार्ल्स को दो सशस्त्र देशभक्तों और दिफार्ज के साथ जेल भेजा गया।

रास्ते में दिफार्ज ने पूछा, "क्या तुम्हीं ने डॉक्टर मानेत की बेटी के साथ शादी की है, जो कभी बास्तील में क़ैदी रहे थे ?"

"हां," चार्ल्स ने आश्चर्य से कहा।

"मेरा नाम दिफार्ज है। मैं शराबघर का मालिक हूं। यह बताओ कि तुम फ्रांस में क्यों आए ?"

"तुमने अभी मेरा जवाब सुना था। जिस जेल में मैं जा रहा हूं, क्या वहां से मैं बाहर की दुनिया के साथ सम्पर्क रख सकूँगा ?"

"यह तो तुम वहीं जाकर देख लेना।"

"मेरे लिए टेलसन बैंक के मिस्टर लोरी का यह बताना बहुत ज़रूरी है कि मैं ला फोर्स की जेल में हूं। क्या यह सन्देश भिजवा सकोगे ? वे इन दिनों पेरिस में आए हुए हैं।"

"मैं तुम्हारे लिए कुछ नहीं करूंगा।" मैं जनता और देश के प्रति अपना फ़र्ज़ निभाऊंगा, जिनकी सेवा का मैंने बीड़ा उठाया है।"

सड़क पर किसी ने चार्ल्स की तरफ़ ध्यान नहीं दिया। उन्हें यह देखकर बिलकुल ताज्जुब नहीं हुआ कि शानदार पोशाकवाला कोई आदमी जेल जा रहा है। उनके लिए यह उतना ही स्वाभाविक था, जितना कि मज़दूर की पोशाकवाले किसी आदमी को काम पर जाते देखना। एक तंग गन्दी गली में स्टूल पर खड़ा होकर एक आदमी बादशाह और शाही ख़ानदान द्वारा जनता पर किए गए ज़ुल्मों को लोगों की एक उत्तेजित भीड़ के सामने बयान कर रहा था। चार्ल्स डॉर्ने को भाषण के कुछ शब्दों से पता चल गया कि बादशाह जेल में हैं और सब विदेशी राजदूत पेरिस छोड़कर चले गए हैं।

उसे एहसास हो गया कि वह अब खतरे में है। 'नई औरत गिलोतीन' के बारे में अभी उसे कुछ पता नहीं था।

ला फोर्स का जेलख़ाना अंधेरा और गन्दा था। चार्ल्स को नीची छतवाले एक बड़े-से कमरे में ले जाया गया, जिसमें बहुत-से क़ैदी थे। एक लम्बी मेज़ के सामने बैठकर औरतें पढ़-लिख रही थीं, बुनाई और कशीदाकारी कर रही थीं।

दरबारी शक्लवाले एक आदमी ने उठकर कहा, "इस मुसीबत में इकट्ठे हुए सभी साथियों की ओर से मैं ला फोर्स में तुम्हारा स्वागत करता हूं।" जेलर चार्ल्स को एक सीली कोठरी में ले गया।

"यह तुम्हारी है।"

"मुझे अकेली कोठरी में क्यों बन्द किया गया है ?"

"मुझे क्या पता ?"

"क्या मैं काग़ज़, क़लम और स्याही ख़रीद सकता हूं ?"

"इस वक़्त खाने के अलावा तुम कुछ नहीं ख़रीद सकते।"

चार्ल्स कोठरी में चहलक़दमी करने लगा।

पेरिस में एक के बाद एक नए आदेश जारी किए जा रहे थे। मोन्सेन्यर के मकान को जब्त कर लिया गया था, उसके शानदार कमरों में अब देशभक्त बैठकर ब्रांडी पीते थे। इमारत पर क्रान्ति का तिरंगा झंडा लहरा दिया गया था।

टेलसन बैंक के तहख़ानों में उन लोगों के सोने-चांदी के बर्तन और ज़ेवरात पड़े-पड़े ख़राब हो रहे थे, जो ख़ुद जेलों में सड़ रहे थे।

मिस्टर लोरी रात के वक़्त बैठे सोच रहे थे, 'ख़ुदा का शुक्र है कि मेरा कोई प्रियजन इस ख़ौफ़नाक शहर में नहीं है। ख़ुदा उन सब लोगों पर रहम करे जो ख़तरे में है !'

---

1. गिलोतीन – जिससे क़ैदियों के सिर काटे जाते थे।

अचानक कमरे का दरवाज़ा खुला और दो आकृतियां अन्दर दाख़िल हुईं। लूसी और उसके पिता। लूसी की बांहें आगे फैली हुई थीं।

"क्या माजरा है ? लूसी ! डॉक्टर मानेत ! आप लोग यहां कैसे आए ?"

लूसी मिस्टर लोरी की बांहों में गिर पड़ी। "हाय मेरे पति !"

"तुम्हारे पति को क्या हुआ ?"

"वे यहां हैं !"

"पेरिस में ?"

"हां, चार्ल्स चार दिन से यहां है। उसे सीमा पर रोककर गिरफ़्तार कर लिया गया है और ला फोर्स की जेल में भेज दिया गया है।"

इसी वक़्त फाटक की घंटी बज उठी और सहन लोगों के क़दमों की आवाज़ से गूंज उठा।

"यह कैसा शोर है ?" डॉक्टर ने खिड़की की तरफ़ जाते हुए पूछा।

"बाहर मत देखो ! मानेत !"

"मेरे दोस्त ! मैं बास्तील में क़ैद रह चुका हूं। सारे फ्रांस में कोई देशभक्त ऐसा नहीं जिसे अगर यह पता चल जाए कि मैं बास्तील में क़ैद रह चुका हूं तो वह मुझे नुक़सान पहुंचाए। बल्कि वह मुझे गले लगाएगा या कन्धे पर बैठाकर मेरा जूलूस निकालेगा। मेरी पुरानी व्यथा ने मुझे ऐसी शक्ति प्रदान की थी, जो हमें यहां तक ला सकी है। मैं जानता था कि मैं चार्ल्स की मदद कर सकता हूं।"

बेटी लूसी, अब मैं जैसा कहूं वैसा ही करो। मैं तुम्हें पिछवाड़े के एक कमरे में छोड़ आता हूं। दो मिनट के लिए मुझे अपने पिता से एकान्त में बातचीत करने दो।" मिस्टर लोरी ने कहा।

नीचे आंगन में लोगों की भीड़ सान पर अपने छुरों, तलवारों, कुल्हाड़ियों की धारें तेज़ कर रही थी। उनके चेहरों पर एक बर्बर क्रूरता छाई थी। वे ख़ून और पसीने से लथपथ थे। एक भी ऐसा व्यक्ति नहीं था, जिसके कपड़ों पर ख़ून के धब्बे न लगे हों।

मिस्टर लोरी ने कहा, "ये क़ैदियों को क़त्ल कर रहे हैं। अगर तुमने जो कहा है, वह सच है तो तुम इन शैतानों से जाकर मिलो, उन्हें अपना परिचय दो और ला फोर्स चले जाओ। इस काम में एक मिनट की भी देरी नहीं होनी चाहिए !"

डॉक्टर मानेत नंगे सिर फ़ौरन नीचे आंगन में चले गए। उनके बिखरे हुए बालों और शानदार चेहरे की तरफ़ लोगों का फ़ौरन ध्यान गया। डॉक्टर ने उनसे कुछ कहा। अगले ही क्षण लोगों ने 'बास्तील का क़ैदी ज़िन्दाबाद !' के नारे लगाते हुए डॉक्टर को कन्धों पर उठा लिया। चारों ओर से आवाज़ें आने लगीं, "ला फोर्स की जेल में चलकर बास्तील के क़ैदी के रिश्तेदार की मदद करो ! क़ैदी एव्रेमोन्द को बचाओ !"

मिस्टर लोरी ने आकर लूसी को बताया कि लोग उसके पिता की सहायता कर रहे हैं।

लूसी अचेत होकर मिस्टर लोरी के क़दमों के पास गिर पड़ी।

सबसे पहले मिस्टर लोरी के व्यावसायिक दिमाग़ में जो विचार आया वह यह था कि उन्हें एक प्रवासी क़ैदी की बीवी को बैंक में ठहराकर बैंक के लिए ख़तरा मोल नहीं लेना चाहिए। लूसी और उसकी बच्ची के लिए वे अपनी दौलत और ज़िन्दगी भी बिना किसी हिचकिचाहट के न्योछावर कर सकते थे, लेकिन बैंक की बात दूसरी थी।

पहले उन्होंने सोचा कि वे दिफार्ज से जाकर सलाह करें कि शहर का सबसे सुरक्षित स्थान कौन-सा हो सकता है, लेकिन दिफार्ज जहां रहता था, वह पेरिस का सबसे ज़्यादा ख़तरानाक हिस्सा था।

मिस्टर लोरी ने एक गली के भीतर का एक मकान तलाश किया और लूसी, उसकी बच्ची और मिस प्रोस को वहां भिजवा दिया। जेरी को भी उनकी हिफ़ाज़त के लिए वहीं छोड़ दिया गया।

रात के वक़्त काले घुंघराले बालोंवाला एक आदमी मिस्टर लोरी के कमरे में दाख़िल हुआ।

"आप मुझे पहचानते हैं ?"

"मेरे शराबख़ाने में शायद देखा होगा।"

"तुम्हें डॉक्टर मानेत ने भेजा है ?"

"हां"

डॉक्टर ने पुर्ज़ा भेजा था :

"चार्ल्स सुरक्षित है, लेकिन मैं अभी वहां से नहीं आ सकता। इन लोगों ने मुझ पर इतनी मेहरबानी की है कि सन्देशवाहक के हाथ लूसी के नाम पुर्ज़ा भेजने दिया है। इसे लूसी से मिला देना।"

"मैं चलकर तुम्हें चार्ल्स की बीवी से मिला दूं ?"

"हां।"

रास्ते में दो औरतें खड़ी बुनाई कर रही थीं।

"मदाम दिफार्ज भी हमारे साथ चलेंगी ?"

"हां, उन लोगों की सुरक्षा के हित में अच्छा होगा, अगर मदाम उनके चेहरों से परिचित हो जाएं।"

दूसरी औरत 'प्रतिशोध' थी। जब वे वहां पहुंचे तो लूसी अकेली बैठी रो रही थी। उसे चार्ल्स का पुर्ज़ा दिया गया – "प्रियतमा, साहस रखो। मैं ठीक हूं और मेरे आसपास के लोगों पर तुम्हारे पिता का असर है। इस पुर्ज़े का जवाब मुझे नहीं मिलेगा। बच्ची को मेरी तरफ़ से चूमना।"

लूसी ने मदाम दिफार्ज का एक हाथ चूम लिया, लेकन मदाम दिफार्ज पर कृतज्ञता और स्नेह के इस प्रदर्शन का कोई असर न पड़ा। वह पूर्ववत बुनाई करती रही। लूसी ने आतंक-भरी दृष्टि से मदाम दिफार्ज की ओर देखा।

"क्या वह उस आदमी की बच्ची है ?" मदाम दिफार्ज ने सलाई से इशारा करते हुए पूछा।

"हां मदाम, यह हमारे बेचारे क़ैदी की लाड़ली, इकलौती बच्ची है।"

बच्ची पर मदाम दिफार्ज की अमंगलकारी छाया पड़ रही थी। लूसी ने फ़ौरन बच्ची को गले से लगा लिया और भयभीत स्वर में मदाम दिफार्ज से पूछा, "आप मेरे पति को नुक़सान तो नहीं पहुंचाएंगी न !"

"तुम्हारे पति से मुझे कोई सरोकार नहीं।" मदाम दिफार्ज ने कहा।

"तुम भी औरत हो। एक पत्नी और मां के नाते मुझसे हमदर्दी करो।" लूसी ने विनती की।

मदाम दिफार्ज ने 'प्रतिशोध' से कहा, "क्या हमने सारी ज़िन्दगी अपनी बहनों को और उनके बच्चों को ग़रीबी, भूख़, बीमारी और ज़ुल्म का शिकार होते हुए नहीं देखा ? एक औरत की तकलीफ़ से क्या फ़र्क पड़ जाएगा ?"

बुनाई करते-करते मदाम दिफार्ज बाहर चली गई।

"लगता है, यह ख़ौफ़नाक औरत मुझ पर और मेरी उम्मीदों पर अपनी छाया डाल रही है।"

मिस्टर लोरी ने लूसी को तसल्ली दी, लेकिन मन ही मन वे ख़ुद परेशान थे।

डॉक्टर मानेत चौथे दिन सुबह लौटे। इस बीच ग्यारह सौ क़ैदियों को, जिनमें मर्द और औरतें दोनों शामिल थे, जनता ने मार डाला था। लूसी को सिर्फ़ यही बताया गया था कि लोगों ने जेलों पर धावा बोल दिया है और अब राजनैतिक क़ैदियों की जानें ख़तरे में हैं।

डॉक्टर मानेत ने मिस्टर लोरी को बताया कि जेल में जनता की एक अदालत के सामने, जहां क़ैदियों को पेश किया जा रहा था, उन्हें बताया कि वे अट्ठारह बरस तक बास्तील के एक गुप्त तहख़ाने में क़ैद रहे हैं। न्यायधीशों में से एक आदमी ने उन्हें पहचाना था। वह था – दिफार्ज।

डॉक्टर ने रजिस्टर देखकर पता लगाया कि उनका दामाद अभी ज़िन्दा है। अदालत के सामने, जिसके कुछ सदस्य सो रहे थे, कुछ जग रहे थे, चार्ल्स के प्राणों की रक्षा और रिहाई के लिए उन्होंने अपील की। पहले तो वे लोग

फ़ौरन चार्ल्स को छोड़ने के लिए तैयार हो गए, फिर उनमें कुछ खुसफुस हुई और डॉक्टर को बताया गया कि चार्ल्स को सुरक्षित स्थान पर रखा जाएगा।

डॉक्टर ने वहां भयंकर दृश्य देखे। एक क़ैदी जब रिहा होकर बाहर निकल रहा था तो उन्मत्त आदमी ने उसके शरीर में नेजा भोंक दिया। डॉक्टर ने दोनों हाथों से अपना चेहरा ढंक लिया था और वे वहीं बेहोश हो गए थे।

मिस्टर लोरी ने पहली बार देखा कि डॉक्टर की व्यथा उनकी शक्ति बन गई थी जो जेल के सीखचे तोड़कर अपनी बेटी के पति को आज़ाद कराने के लिए व्याकुल थी। "जिस तरह मेरी प्यारी बच्ची ने फिर से मुझे नई ज़िन्दगी दी, मैं भी उसी तरह उसकी सबसे प्यारी चीज़ को उसे लौटाऊंगा!"

जल्दी ही डॉक्टर को जेलों के डॉक्टर के पद पर नियुक्त कर दिया गया। वे ला फोर्स के जेल में हर हफ़्ते चार्ल्स से मिलते थे और लूसी तक उसके सन्देश भेजते थे, कई बार चार्ल्स लूसी को ख़त भी भेजता था। (डॉक्टर के हाथ नहीं।)

फ्रांस में एक नए युग की शुरुआत हुई थी। बादशाह पर मुक़दमा चलाकर उसका सिर काट दिया गया था। स्वतन्त्रता, समानता और भ्रातृत्व पर आधारित रिपब्लिक क़ायम हो गई थी। नोत्रेदाम के ऊंचे मीनारों पर दिन-रात काला झंडा लहराता था। फ्रांस की धरती में से लोग ज़ालिमों के ख़िलाफ़ उठे थे, जैसे किसी ने सांप के बीजों को बो दिया हो।

न कोई आराम था, न रहम था, न ही वक़्त का एहसास रह गया था।

सारे देश में चालीस या पचास हज़ार क्रान्तिकारी कमेटियां बनाई गई थीं और राजधानी में क्रान्तिकारी अदालत थी। सन्देहजनक व्यक्ति कहकर किसी भी मासूम और भले आदमी को अपराधियों और बुरे लोगों के हवाले किया जा सकता था। जेलें मासूम लोगों से भर गई थीं, जिनकी कोई सुनवाई नहीं होती थी। गिलोतीन का बोलबाला था। लोग मज़ाक़ में रहते थे, सिरदर्द और सफ़ेद बालों की यह सबसे अच्छी दवाई है। इस क़ौमी उस्तरे से बड़ी अच्छी हज़ामत बनती है। क्रास की जगह गिलोतीन मानव जाति के कल्याण का प्रतीक बन गई थी। लोग क्रॉस की जगह गिलोतीन के तावीज़ गले मे

पहनने लगे थे। जिस जगह गिलोतीन खड़ी होती थी, वहां की सारी धरती लाल हो गई थी। जल्लाद को लोग सेम्सन[1] कहने लगे थे।

डॉक्टर को उम्मीद थी कि वह लूसी के पति को बचा लेगा, लेकिन ज़माने की हवा ऐसी थी कि चार्ल्स को जेल में एक साल तीन महीने बीत गए थे।

डॉक्टर पेरिस के सबसे ज़्यादा मशहूर आदमियों में से था, जो ख़ामोशी और आस्थापूर्वक अपना फ़र्ज़ अदा कर रहा था।

सड़कों पर ख़ूबसूरत लड़कियों और तगड़े जवानों को गाड़ियों में भर-भरकर क़त्ल करने के लिए रोज़ ले जाया जाता था। गिलोतीन की प्यास बुझाने के लिए जेलों के तहख़ानों में से लाल शराब ले जाई जाती थी।

लूसी रोज़ रात को सब क़ैदियों के लिए, विशेष रूप से एक क़ैदी के लिए, प्रार्थना करती थी। वह और उसकी बच्ची गहरे रंग के सादे कपड़े पहना करती थीं। लूसी का चेहरा पीला पड़ गया था। कई बार जब उसके हृदय का दुख फूट पड़ता था, तो डॉक्टर कहता था, "मुझे पता चले बग़ैर चार्ल्स को कुछ नहीं होगा। मैं जानता हूं लूसी कि मैं उसे बचा सकता हूं।"

एक शाम को डॉक्टर ने लूसी से कहा, "जेल की ऊपरवाली मंज़िल में एक खिड़की है। जहां से चार्ल्स दोपहर के वक़्त तुम्हें देख सकता है। लेकिन तुम उसे नहीं देख सकोगी। अगर वह तुम्हें नज़र आ भी जाए, तब भी सबके सामने उससे इशारों में बात करना ख़तरनाक होगा।"

इसके बाद से लूसी नियमपूर्वक वहां रोज़ जाती थी और जब मौसम अच्छा होता था तो वह अपनी बच्ची को भी साथ ले जाती थी।

जेल के सामने लूसी को रोज़ एक लकड़हारा मिलता था, जो अपने को 'लकड़ी काटनेवाली गिलोतीन का सेम्सन' कहता था। लूसी उसे अक्सर शराब पीने के लिए कुछ सिक्के दे देती थी।

दो घंटे वहां रहने के बाद चलने से पहले लूसी जेल की दीवारों को चूमती थी

---

1. सेम्सन – बाइबल का प्रसिद्ध शक्तिशाली पात्र।

दिसम्बर के महीने की एक दोपहर को जब हल्की बर्फ़ गिर रही थी, लूसी आकर रोज़ की तरह जेल के सामने खड़ी हो गई। उस दिन कोई त्योहार था। रास्ते में लूसी ने घरों के ऊपर छोटे-छोटे नेज़ों की सजावट देखी थी, जिन पर छोटी-छोटी लाल टोपियां और तिरंगे फीते लगे थे और 'स्वतन्त्रता, समानता और भ्रातृत्व या मौत' के नारे लिखे थे।

इसी वक़्त दूर से शोर सुनाई दिया, जिससे लूसी डर गई। पांच सौ लोगों की भीड़ पांच हज़ार शैतानों की तरह नाचती-गाती हुई जेल की दीवारों के पास आ रही थी। भीड़ के बीचों-बीच लकड़हारा 'प्रतिशोध' का हाथ पकड़कर चल रहा था। वे लोग एक-दूसरे के हाथ पकड़कर गोल दायरे में नाच रहे थे। किसी ज़माने में यह नाच मासूम मनोरंजन का साधन रहा होगा, अब इसे ख़ून में उबाल लाने के लिए और दिलों को बेरहम और ख़ूंख़ार बनाने के लिए इस्तेमाल किया जा रहा था।

लूसी ने अपने पिता से कहा, "कैसा क्रूर दृश्य है !"

"डरो मत ! इनमें से कोई तुम्हें नुक़सान नहीं पहुंचाएगा।"

फिर डॉक्टर ने बताया, "कल चार्ल्स की पेशी है। उसे अभी नोटिस नहीं मिला, लेकिन मुझे मालूम है। तुम डरो मत। कुछ घंटों के भीतर ही चार्ल्स तुम्हारे पास आ जाएगा। इस वक़्त मुझे लोरी से मिलना है।"

पांच न्यायाधीशों और दृढ़ संकल्प ज्यूरी के सदस्यों की अदालत रोज़ बैठती थी। हर रोज़ शाम को फेहरिस्तों में से नाम पढ़कर क़ैदियों को सुनाए जाते थे। जेलर मज़ाक में कहा करते थे, "अरे, आकर शाम के अख़बार की ख़बर सुनो !"

"चार्ल्स एव्रेमोन्द उर्फ डॉर्ने !"

उस शाम तेईस क़ैदियों को बुलाया गया था। चार्ल्स ने ला फोर्स में दाख़िल होते वक़्त जिन क़ैदियों को देखा था, वे इस दुनिया से जा चुके थे।

चार्ल्स के साथियों ने विदाई में उसे स्नेह-भरे शब्द कहे।

चार्ल्स से पहले पन्द्रह क़ैदियों की पेशी हुई थी और सभी को मौत की सज़ा मिली थी।

इसके बाद आवाज़ आई "चार्ल्स एव्रेमोन्द !" न्यायधीशों की टोपियों में पंख लगे थे। वैसे लाल टोपी और तिरंगे फीतों का फ़ैशन था। ज्यूरी के सदस्यों को देखकर तो लगता था, जैसे निर्दोष व्यक्तियों के इन्साफ़ के लिए आततायियों को नियुक्त किया गया हो। शहर के सबसे घटिया और ख़ूंख़ार लोग वहां मौजूद थे, जो मुक़द्दमे की कार्रवाई पर टिप्पणी करते थे, तालियां बजाते थे, जजों के फ़ैसलों का विरोध करते थे। मर्द और औरतें हथियारबन्द होकर आए थे। कुछ औरतें वहीं खा-पी रही थीं और बुनाई कर रही थीं। चार्ल्स ने देखा, एक औरत दिफार्ज के कान में फुसफुसाकर कुछ कह रही थी – वह दिफार्ज की बीवी मालूम होती थी। दोनों जने मुजरिम की तरफ़ देखने की बजाय दृढ़ नज़रों से ज्यूरी की तरफ़ देख रहे थे। डॉक्टर मानेत प्रेज़ीडेंट के नीचेवाली सीट पर बैठे थे।

सरकारी वक़ील ने कहा कि चार्ल्स एव्रेमोन्द एक प्रवासी है और क़ानून के मुताबिक़ उसे फ़ांसी की सज़ा मिलनी चाहिए।

"इसका सिर काट दो ! यह रिपब्लिक का दुश्मन है !" श्रोता चिल्लाए।

प्रेज़ीडेंट ने उन्हें ख़ामोश करने के लिए घंटी बजाई और क़ैदी से पूछा कि जब उसने इतने बरस इंग्लैंड में बिताए हैं तो क्या वह प्रवासी नहीं है।

चार्ल्स ने कहा कि उसने जान-बूझकर अपने ख़ानदान और ख़िताब को छोड़ा था क्योंकि उसे उनसे नफ़रत थी। वह फ्रांस की जनता के शोषण द्वारा नहीं बल्कि ख़ुद मेहनत करके इंग्लैंड में रह रहा था।

उससे पूछा गया कि वह इस बात का क्या सबूत दे सकता था।

चार्ल्स ने गाबेल और डॉक्टर मानेत का नाम गवाहों के रूप में पेश किया।

लेकिन प्रेज़ीडेंट ने पूछा कि क्या उसने इंग्लैंड में शादी नहीं की थी।

"की थी, लेकिन किसी अंग्रेज़ से नहीं, बल्कि फ्रेंच लड़की लूसी मानेत से जो डॉक्टर मानेत की इकलौती बेटी है।"

इस बात का श्रोताओं पर बड़ा अच्छा असर पड़ा। लोग डॉक्टर मानेत की तारीफ़ में चिल्लाने लगे। कुछ लोगों की आंखों में आंसू बह चले, जो क्षण-भर पहले चार्ल्स को सड़कों पर घसीटकर मार डालने के लिए व्याकुल दीख रहे थे।

चार्ल्स डॉक्टर मानेत की हिदायतों के मुताबिक़ हर सवाल का जवाब दे रहा था।

इस सवाल के जवाब में कि वह पहले फ्रांस क्यों नहीं लौटा, चार्ल्स ने कहा कि फ्रांस में उसके पास आजीविका का कोई साधन नहीं था। इंग्लैंड में वह फ्रेंच भाषा और साहित्य का अध्यापक था। वह एक फ्रेंच नागरिक की जान बचाने के लिए फ्रांस लौटा था। क्या यह भी रिपब्लिक की नज़रों में जुर्म है ?

श्रोता उत्साहपूर्वक चिल्लाए, "नहीं !" प्रेज़ीडेंट ने फिर घंटी बजाई।

गाबेल ने आकर चार्ल्स की बात की पुष्टि की और कहा कि उसी ने चार्ल्स को ख़त लिखा था।

इसके बाद डॉक्टर मानेत से सवाल पूछे गए। उनकी लोकप्रियता और स्पष्टवादिता का लोगों पर बहुत भारी असर हुआ। डॉक्टर ने बताया कि इंग्लैंड में भी मुजरिम पर इंग्लैंड का दुश्मन और अमेरिका का दोस्त होने का इल्ज़ाम लगाया गया था।

उस मुक़द्दमे का विवरण सुनकर ज्यूरी और श्रोताओं की भावनाएं एक हो गईं। मिस्टर लोरी की गवाही के बाद प्रेज़ीडेंट ने ज्यूरी से अपना फ़ैसला देने के लिए कहा। ज्यूरी के सब सदस्य चार्ल्स के हक़ में थे। चार्ल्स को रिहा कर दिया गया।

भीड़ अक्सर अपनी रहमदिली और सहृदयता का भी सबूत देती है। ख़ून की तरह आंसू बहाए गए। मर्द और औरतें क़ैदी को आलिंगन में लेने के लिए आगे बढ़े। लगता था, इतनी लम्बी क़ैद के बाद चार्ल्स थकान से बेहोश हो

जाएगा। वह जानता था कि किसी दूसरी रौ में बहकर यही लोग उस पर झपट पड़ते और उसके शरीर के टुकड़े-टुकड़े करने को तैयार हो जाते।

चार्ल्स की रिहाई के बाद जिन पांच क़ैदियों की पेशी हुई, उन्हें चौबीस घंटों के भीतर ख़त्म करने का फ़ैसला सुनाया गया, क्योंकि न्यायधीशों ने महसूस किया कि चार्ल्स के साथ नर्मी दिखाकर उन्होंने एक मौक़ा खो दिया था।

भीड़ ने चार्ल्स को एक बड़ी-सी कुर्सी में बैठाकर उसका जुलूस निकाला और उसे उसके घर तक पहुंचा आए। अपने चारों तरफ़ लाल टोपियों का समुद्र देखकर कई बार चार्ल्स को लगा कि उसे गिलोतीन की तरफ़ ले जाया जा रहा है।

डॉक्टर ने जाकर पहले से ही लूसी को ख़बर कर दी थी। चार्ल्स को देखते ही वह उसकी बांहों में बेहोश होकर गिर पड़ी।

लोग ख़ाली कुर्सी में एक नौजवान औरत को स्वतन्त्रता की देवी बनाकर ले गई और फिर नाच-गाना शुरू हो गया।

सबसे पहले चार्ल्स ने डॉक्टर से हाथ मिलाया। जो गर्वीले विजेता की तरह खड़े थे, फिर मिस्टर लोरी से हाथ मिलाने के बाद उसने नन्ही बच्ची को उठाकर चूमा और वफ़ादार मिस प्रोस को गले लगाया। फिर अपनी बीवी को बांहों में भरकर वह ऊपर अपने कमरे में चला गया। "लूसी ! मेरी जान ! मैं सलामत हूं !"

"प्यारे चार्ल्स, सबसे पहले मुझे ख़ुदा का शुक्रिया अदा करने दो !"

कुछ देर बाद नीचे आकर चार्ल्स ने लूसी से कहा, "अब अपने पिता से बात करो प्यारी, सारे फ्रांस में कोई व्यक्ति वह काम नहीं कर सकता था, जो उन्होंने मेरे लिए किया है।"

लूसी ने अपना सिर पिता के वक्ष पर रख दिया, जिस तरह बहुत दिन पहले उसने पिता का सिर अपने वक्ष पर रखा था। पिता ने तसल्ली दी, "कांपो नहीं, मैंने उसे बचा लिया है।"

लूसी के मन में भय व्याप गया था। वह यह नहीं भूल सकती थी कि उसके पति की तरह कितने मासूम लोग उस रास्ते से नहीं बचाए जा सके, जहां से चार्ल्स को बचाया गया था।

वे कमख़र्ची से घर चलाते थे, क्योंकि इससे लोगों के क्रोध का शिकार बनने का कम अन्देशा था, दूसरे यह कि क़ैद के दौरान चार्ल्स को अपने रद्दी खाने पर, सन्तरी पर और ग़रीब क़ैदियों पर बहुत बड़ी रक़म ख़र्च करनी पड़ी थी। जासूसी के डर से वे नौकर नहीं रखते थे। जेरी उनके रोज़मर्रा के कामों में मदद करता था और रात को वहीं सोता था।

एक नए ऑर्डिनेंस के मुताबिक़ हर घर के बाहर घर में रहनेवाले सभी लोगों के नामों का स्पष्ट लिखा जाना ज़रूरी क़रार कर दिया गया था।

मिस प्रोस और जेरी शाम के वक़्त छोटी दुकानों में जाकर कम मिकदार में चीज़ें ले आते थे, ताकि वे लोगों की चर्चा और ईर्ष्या का विषय न बन सकें। अगर मिस प्रोस चाहती तो फ्रेंच परिवार के सम्पर्क में इतनी देर रहकर फ्रेंच भाषा पर पूरा अधिकार पा सकती थी, लेकिन उसे उस 'बकवास' में दिलचस्पी ही नहीं थी। जेरी को भी फ्रेंच का बिलकुल ज्ञान नहीं था।

एक दिन बाहर जाते वक़्त मिस प्रोस ने लूसी से कहा, "लेडीबर्ड, मेरे आने तक यहीं अंगीठी के पास बैठना और अपने प्यारे पति की देखभाल करना, उसके कन्धे पर से अपना हाथ मत हटाना !"

फिर चलते-चलते मिस प्रोस बोली, "मैं हिज़ मैजेस्टी ज्यॉर्ज तृतीय की प्रजा हूं। गॉड सेव दि किंग !"

कमरे में अंधेरा था। मिस्टर लोरी बैंक से आनेवाले थे। नन्ही लूसी अपने नाना से उस परी की कहानी सुन रही थी, जिसने जेल की दीवार को हटाकर एक क़ैदी को मुक्ति दिलाई थी।

इतने में लूसी चिल्लाई, "ज़ीने में कोई आ रहा है। फादर ! चार्ल्स को कहीं छिपाइए ! उसे बचाइए !"

"मेरी बच्ची, चार्ल्स को तो मैंने बचा लिया है।"

इसी वक़्त लाल टोपियोंवाले चार आदमी हाथों में तलवारें और पिस्तौल लेकर कमरे में दाख़िल हुए।

"सिटिज़न एव्रेमोन्द कहां है ?"

"कौन उसे ढूंढ़ रहा है ?"

"हम लोग ढूंढ़ रहे हैं। तुम फिर रिपब्लिक की हिरासत में ले लिए गए हो।"

"किसलिए मुझे गिरफ़्तार किया जा रहा है ?" चार्ल्स ने पूछा।

"यह तुम्हें कल पता चल जाएगा। कल तुम्हारी पेशी है।"

डॉक्टर मानेत हाथ में लैम्प लिए पत्थर की मूर्ति की तरह खड़े थे। एक आदमी की कमीज़ पकड़कर डॉक्टर ने पूछा, "तुम लोग मुझे तो जानते हो न ?"

"आपको कौन नहीं जानता ! डॉक्टर !"

"तो फिर मुझे इस गिरफ़्तारी की वजह बता सकते हो ?"

"सिटिज़न डॉक्टर ! आप ज़्यादा सवाल न पूछें। अगर रिपब्लिक आपसे क़ुर्बानियां मांगती है तो एक अच्छे देशभक्त की तरह आप क़ुर्बानियां देंगे। जल्दी चलो एव्रेमोन्द । हमें देर हो रही है।"

"सिर्फ़ एक बात और ! इस पर इल्ज़ाम लगानेवाला कौन है ?"

"यह बताना तो नियमों के विरुद्ध है। लेकिन इल्ज़ाम लगानेवालों में सिटिज़न दिफार्ज, मदाम दिफार्ज, और एक आदमी और है। इल्ज़ाम बहुत संगीन है।"

"तीसरा आदमी कौन है ?"

"यह आपको कल पता चल जाएगा।"

मिस प्रोस जेरी के साथ शराब की दुकान पर खड़ी थी कि इतने में वहां खड़े दो आदमियों में से एक को देखकर मिस प्रोस चीख़ पड़ी। लोगों ने समझा

कि किसी का क़त्ल हो गया था। लेकिन एक आदमी जो देखने में फ्रांसीसी मालूम होता था, एक अंग्रेज़ औरत के सामने खड़ा था।

"सोलोमन ! सोलोमन ! इतने साल गायब रहने के बाद तुम मुझे यहां दिखाई दिए हो !"

"मुझे सोलोमन मत कहो ! मेरी मौत चाहती हो क्या ?" आदमी ने सन्दिग्ध, भयभीत स्वर में कहा।

"भाई ! मेरे प्यार भाई ! क्या मैंने तुम्हारे साथ इतना बुरा सलूक किया था जो तुम मुझसे ऐसा क्रूर सवाल पूछ रहे हो ?"

"अपना बिल अदा करके दुकान से बाहर आ जाओ। तुम्हारे साथ यह आदमी कौन है ?"

"मिस्टर क्रंचर।" भावावेश से मिस प्रोस की आंखों में आंसू आ गए थे।

"उसे भी अपने साथ बाहर ले आओ। क्या वह मुझे प्रेत समझ रहा है ?"

सड़क के एक अंधेरे नुक्कड़ पर पहुंचकर सोलोमन ने कहा, "कहो, अब क्या चाहती हो ?"

"तुम भी अच्छे भाई हो ! बहन से इस तरह मिला जाता है ?"

"लो !" सोलोमन ने बहन को चूमते हुए कहा, "अब तो सन्तुष्ट हो !"

मिस प्रोस चुपचाप रोती रही।

"तुम्हें देखकर मुझे बिलकुल हैरानी नहीं हुई, क्योंकि मैं जानता था कि तुम यहां हो। अगर तुम मेरी जान ख़तरे में नहीं डालना चाहतीं तो फ़ौरन अपने रास्ते चली जाओ। मुझे बहुत काम है। मैं एक अफ़सर हूं।"

"मेरा अंग्रेज़ भाई सोलोमन, जो अपने देश में बहुत बड़ा आदमी बन सकता है, विदेशियों में आकर अफ़सर बन गया है ! इससे तो अच्छा होता अगर तुम..."

"मैं पहले ही जानता था कि तुम्हारी वजह से मेरी आफ़त आएगी।"

अचानक जेरी ने उसके कन्धे पर हाथ रखकर कहा :

"क्या तुम एक बात बता सकते हो ? तुम्हारा नाम जॉन सोलोमन है या सोलोमन जॉन है ?"

सोलोमन ने सन्दिग्ध दृष्टि से जेरी को देखा।

"मैं तुम्हें जानता हूं। तुम जासूस हो। ओल्डबेली के एक केस में तुमने गवाही दी थी। उस वक़्त तुम्हारा नाम क्या था ?" जेरी ने पूछा।

"बर्सा"

"मुझे अफ़सोस है, मिस प्रोस ! काश तुम्हारा भाई जेलों की भेड़ में न होता।" 'जेलों की भेड़' शब्द उन दिनों जासूसों के लिए इस्तेमाल किया जाता था। बोलनेवाला सिडनी कार्टन था, जो अचानक वहां आकर खड़ा हो गया था।

"मिस्टर बर्सा, मेहरबानी करके क्या आप मेरे साथ टेलसन बैंक में चलेंगे ? वहां एकान्त में हमारी बातचीत होगी।"

"क्या तुम मुझे धमकी दे रहे हो ?"

"मैंने यह तो नहीं कहा। मैं तुम्हारे सामने एक प्रस्ताव रखना चाहता हूं जिसमें हम दोनों का फ़ायदा है। पहले चलकर तुम्हारी बहन को उसके घर की सड़क के मोड़ पर पहुंचा आएं। मिस्टर क्रंचर भी तुम्हारे भाई को जानते हैं मिस प्रोस। मैं उन्हें भी अपने साथ बैंक में ले जाऊंगा।"

मिस्टर लोरी खाना ख़त्म करके अंगीठी के आगे बैठे थे।

"जनाब, मिस प्रोस के भाई मिस्टर बर्सा आए हैं", सिडनी कार्टन ने कमरे में दाख़िल होकर कहा, "मुझे इनसे पता चला है कि मिस्टर डॉर्ने को फिर गिरफ़्तार कर लिया गया है।"

"यह क्या कह रहे हो ? अभी दो घंटे पहले तो मैं उसे देखकर आया था।"

"हम ख़तरनाक ज़माने में रह रहे हैं। आज लोग जिस आदमी का जुलूस निकालते हैं, हो सकता है, कल उसे फिर मौत की सज़ा मिल जाए। अगर बुरी से बुरी हालत का सामना भी करना पड़ा तो मैं एक दोस्त की मदद लूंगा, वह दोस्त होगा मिस्टर बर्सा," सिडनी कार्टन ने कहा।

"यह तो इस बात पर निर्भर करता है कि आपके पास कैसे पत्ते हैं।"

"मान लो, मैं जाकर नज़दीक की क्रान्तिकारी कमेटी में शिकायत कर रहा हूं कि बर्सा नाम का अदामी जो रिपब्लिकन फ्रेंच सरकार का कर्मचारी है, किसी ज़माने में जो अंग्रेज़ सरकार और उसके प्रधानमन्त्री पिट का जासूस था और फ्रांस और आज़ादी का दुश्मन था और अभी भी है।"

जासूस ख़ामोश रहा।

"अभी मैं बिना किसी लिहाज़ के अपना इक्का भी फेंकूंगा," सिडनी कार्टन ने कहा।

जासूस फिर भी ख़ामोश रहा।

"अभी जो तुम्हारे साथ आदमी था, वह कौन था ?"

"वह फ्रांसीसी है।"

"नहीं, वह क्लाई है, हमने उसे ओल्डबेली में देखा था।"

"जनाब, क्लाई तो बहुत बरस पहले मर चुका है। उसे सेंट पेंक्रास के गिरज़े में दफ़नाया गया था, मैंने ख़ुद उसकी लाश को ताबूत में डाला था। मैं आपको अभी मिस्टर क्लाई के दफ़न का सर्टिफ़िकेट भी दिखा सकता हूं। यह जाली सर्टिफ़िकेट नहीं है।"

इसी वक़्त जेरी ने आगे बढ़कर पूछा, "तुमने उसकी लाश सन्दूक में डाली थी ?"

"हां"

"तो फिर लाश बाहर कैसे निकली ?"

"मैं नहीं समझा," जासूस हैरानी से बोला।

"उस ताबूत में तुमने मिट्टी और पत्थर भरे थे। मेरे अलावा दो और आदमियों को भी यह बात मालूम है। अगर तुम मुकर गए तो मैं या तो तुम्हारा गला घोट दूंगा या फ़ौरन जाकर तुम्हारी शिकायत कर दूंगा।"

सिडनी कार्टन ने कहा, "इसे तो रिपब्लिक के ख़िलाफ़ एक साज़िश समझा

जाएगा। गिलोतीन तक पहुंचने के लिए इतना ही काफ़ी है। बोलो मंज़ूर है ?"

"कहिए, आपका क्या प्रस्ताव है ?"

"तुम जेल में सन्तरी का काम करते हो ?"

"हां, मैं जब चाहूं वहां आ-जा सकता हूं।"

"अच्छा, तो कुछ देर के लिए साथवाले अंधेरे कमरे में चलो, वहीं पक्की बात होगी," सिडनी कार्टन ने कहा।

जब वे दोनों भीतर चले गए तो मिस्टर लोरी ने कहा, "जेरी, इधर आओ।"

"सच-सच बताओ, बैंक के सन्देशवाहक होने के अलावा तुम और कौन-सा काम करते रहे हो ?"

"मैं खेती-बाड़ी से सम्बन्ध रखनेवाला काम करता रहा हूं।"

मिस्टर लोरी ने गुस्से से कहा, "मुझे लगता है कि तुम टेलसन बैंक की आड़ में ग़लत क़िस्म का ग़ैर-क़ानूनी काम करते रहे हो, इंग्लैंड पहुंचकर तुम मुझसे हमदर्दी की उम्मीद मत रखना। टेलसन बैंक ग़लत लोगों को नहीं चाहता। मुझे तुम्हारी सूरत से चिढ़ हो गई है।"

"जनाब, मेरा बेटा बैंक के स्टूल पर बैठा-बैठा बड़ा हो गया है, वह आपके सन्देश पहुंचाएगा। उसे मेरी जगह पर लगा लीजिए, ताकि वह अपनी मां की देखभाल कर सके।"

"बस इस वक़्त ज़्यादा बात न करो।" इसी वक़्त सिडनी कार्टन जासूस को लेकर लौट आया।

"कहो, क्या बात तय हुई ?"

"सिर्फ़ यही कि अगर क़ैदी का मामला बिगड़ जाएगा तो यह आदमी मुझे उसकी कोठरी तक पहुंचा देगा।"

"लेकिन इससे क़ैदी की जान तो नहीं बच सकेगी।" मिस्टर लोरी ने चिन्तित स्वर मे कहा।

"लूसी को इस मुलाक़ात या इन्तज़ाम के बारे में कुछ मत बताइएगा।

मेहरबानी करके उससे मेरा ज़िक्र भी मत कीजिएगा। जब तक मैं उसकी मदद का कोई तरीक़ा नहीं निकाल लेता, तब तक मैं उससे नहीं मिलना चाहता।

आज रात वह बहुत उदास होगी। वह इन दिनों कैसी दिखाई देती है ?"

"व्याकुल और दुखी, लेकिन बहुत सुन्दर !"

"आह !" सिडनी कार्टन के मुंह से एक ठंडी सांस निकली।

"जनाब, आपकी तो काफ़ी उम्र होगी ?" कार्टन ने पूछा।

"यह मेरी ज़िन्दगी का अठत्तरवा साल है," मिस्टर लोरी ने कहा।

"आपकी सारी ज़िन्दगी सार्थक रही है, लोग आप पर यकीन करते रहे हैं, आपको इज़्ज़त मिली है, लेकिन मुझे ज़िन्दगी में किसी की मोहब्बत, कृतज्ञता या इज़्ज़त नसीब नहीं हुई। मैंने कोई ऐसा काम ही नहीं किया, जिससे लोग मुझे याद रख सकें।"

"लेकिन अभी तो तुम नौजवान हो।"

"आप कल अदालत में आ रहे हैं न ? मैं भी वहीं मौजूद रहूंगा लेकिन मैं भीड़ में रहूंगा।"

रात के दस बजे सिडनी कार्टन ला फोर्स की जेल के सामने खड़ा था, जहां लूसी आकर सैकड़ों बार खड़ी हुई थी। एक लकड़हारा बैठा पाइप पी रहा था।

"गुडनाइट सिटिज़न," सिडनी कार्टन ने कहा।

"गुडनाइट !"

"रिपब्लिक के क्या समाचार हैं ?"

"तुम्हारा मतलब गिलोतीन से है न ! आज तिरसठ सिर काटे गए थे। जल्द ही दिन में सौ सिरों की बारी आएगी। कई बार सैम्सन और उसके साथी थकान की शिकायत करते हैं। सैम्सन भी ख़ूब शानदार हज्जाम है !"

सिडनी ने एक काग़ज़ के पुर्ज़े पर कुछ लिखा और एक दवाफ़रोश के यहां पहुंचा। दुकानदार दुकान बन्द कर रहा था।

दवाफ़रोश ने पूछा, "तुम्हें अपने लिए चाहिए ?"

"हां"

दवाफ़रोश ने छोटी-छोटी पुड़ियां बनाकर दे दी।

सिडनी कार्टन को याद आया कि जब वह प्रतिभाशाली युवक था तो उसके पिता की क़ब्र पर ये शब्द पढ़े गए थे "प्रभु का कहना है कि जो भी मुझमें आस्था रखेगा, वह मरकर भी ज़िन्दा रहेगा और जो ज़िन्दा है वह हमेशा अमर रहेगा।" आज ये शब्द बार-बार उसके कानों में गूंज रहे थे।

सड़कें सुनसान थीं, उन पर बहुत कम गाड़ियां नज़र आ रही थीं, क्योंकि गाड़ी में बैठनेवालों को लोग शक़ की नज़र से देखते थे। एक थियेटर के दरवाज़े पर एक नन्ही लड़की अपनी मां के साथ खड़ी थी और कीचड़-भरी सड़क पर रास्ता तलाश कर रही थी। सिडनी कार्टन ने बच्ची को गोद में उठाकर सड़क के पार पहुंचा दिया।

रात-भर वह पुल पर खड़ा हुआ पानी को देखता रहा।

जब सूरज निकला तो थोड़ी-सी रोटी खाकर उसने कॉफ़ी पी और अदालत की तरफ़ चल पड़ा। जासूसों ने उसे भीड़ में दुबका दिया। मिस्टर लोरी और डॉक्टर मानेत वहां मौजूद थे। लूसी भी अपने पिता के पास बैठी थी। सबकी नज़रें ज्यूरी की तरफ़ लगी थीं। यक नम्बर तीन, जो ख़ून का प्यासा था और नरभक्षी जैसा दीख रहा था, ज्यूरी में बैठा था।

चार्ल्स एव्रेमोन्द उर्फ डॉर्ने, जिसे पहले रिहा कर दिया गया था, फिर हिरासत में है, क्योंकि वह सामन्त वर्ग का है, उसके ख़ानदान ने लोगों पर जुल्म किए हैं।

प्रेज़ीडेंट ने पूछा "क्या मुजरिम पर खुल्लमखुल्ला इल्ज़ाम लगाए गए हैं?"

"हां"

"इल्ज़ाम लगानेवालों में कौन-कौन हैं?"

"अन्त दिफार्ज, मदाम दिफार्ज और डॉक्टर मानेत!"

अदालत में कोलाहल मचा। डॉक्टर मानेत का चेहरा पीला पड़ गया और वे अपनी जगह से उठकर खड़े हो गए।

"प्रेज़ीडेंट महोदय, मैं इस धोखे के ख़िलाफ़ प्रोटेस्ट करता हूं। आप जानते हैं कि मुजरिम मेरा दामाद है और मेरी बेटी मुझे जान से भी ज़्यादा प्यारी है। कौन नीच षड्यन्त्रकारी कहता है कि मैंने अपने दामाद पर इल्ज़ाम लगाया है ?"

'सिटिज़न मानेत, शान्त रहिए। एक देशभक्त को रिपब्लिक से ज़्यादा कोई चीज़ प्यारी नहीं। अगर रिपब्लिक आपसे आपकी बेटी की कुर्बानी भी मांगे तो आपको अपना फ़र्ज़ समझकर यह कुर्बानी देनी चाहिए।"

इस पर लोगों ने ख़ुशी से तालियां बजाईं। दिफ़ार्ज को पेश किया गया।

"तुमने बास्तील के हमले में हिस्सा लिया था ?"

"जी, मेरा तो यही ख़याल है।"

इस पर एक उत्तेजित औरत भीड़ में से चिल्लाई, "यह क्यों नहीं कहते कि तुम तोप चला रहे थे और तुम सबसे पहले बास्तील में दाख़िल हुए थे ! देशभक्तों मैं सच कह रही हूं।" यह आवाज़ 'प्रतिशोध' की थी।

"अदालत को बताओ कि तुमने बास्तील में जाकर क्या किया था ?"

दिफार्ज ने अपनी बीवी की तरफ़ देखा जो उसके नज़दीक एक सीढ़ी पर खड़ी थी। "मुझे पता था कि नॉर्थ टॉवर की एक सौ पांच नम्बर की कोठरी में डॉक्टर मानेत क़ैद रह चुके थे। उन्होंने यह बात मुझे ख़ुद बताई थी। मैंने निश्चय किया कि जेल पर कब्ज़ा होने के बाद मैं उस कोठरी की तलाशी ज़रूर लूंगा। वहां चिमनी के छेद में मुझे एक कागज़ मिला। यह डॉक्टर मानेत की लिखावट है।"

"इसे पढ़ा जाए।"

अदालत में ख़ामोशी छाई थी। मुजरिम प्यार-भरी नज़रों से अपनी बीवी की तरफ़ देख रहा था।

डॉक्टर मानेत ख़त पढ़नेवाले की तरफ़ देख रहे थे, मदाम दिफार्ज की नज़रें मुजरिम पर लगी थीं, दिफार्ज अपनी बीवी को देख रहा था और सारे लोग डॉक्टर को देख रहे थे।

"मैं अलेक्ज़ान्द्र मानेत, जो बोवे का एक बदक़िस्मत डॉक्टर हूं, बास्तील की इस कोठरी में बैठकर ये पंक्तियां लिख रहा हूं। 1767 में मैंने छिप-छिपकर लिखना शुरू किया। इस कागज़ को मैं अपनी चिमनी की दीवार में छिपाऊंगा, जहां मैंने बड़ी मेहनत से एक छेद बनाया है। जब मैं मिट्टी में मिल जाऊं तो काश यह कागज़ किसी कृपालु व्यक्ति के हाथ लग जाए !

"जंग लगे लोहे की एक नोक को कालिख और ख़ून की स्याही में डुबोकर मैं ये पंक्तियां लिख रहा हूं। मुझे जेल में आए दस बरस बीत चुके हैं। मैं जानता हूं कि इन परिस्थितियों का मेरे मानसिक सन्तुलन पर ज़रूर असर पड़ेगा, लेकिन इस वक़्त मेरी याददाश्त ठीक काम कर रही है।

"सन 1757 के दिसम्बर महीने की एक चांदनी रात में मैं नदी के किनारे ताज़ी हवा में घूम रहा था कि एक तेज़ गाड़ी आकर मेरे पीछे रुक गई। किसी ने सिर बाहर निकालकर कोचवान से रुकने के लिए कहा और फिर मुझे पुकारा। गाड़ी के भीतर दो आदमी थे जो लबादों में लिपटे हुए थे और मेरी उम्र के या मुझसे छोटे थे।

" 'आप ही डॉक्टर मानेत हैं ? हम आप ही के घर गए थे, वहां से पता चला कि आप इधर आए हैं। मेहरबानी करके आप गाड़ी में बैठ जाइए।'

"उन दोनों के पास हथियार थे। मैं निहत्था था। मैं गाड़ी में बैठ गया।

" 'मुझे यह तो बताइए कि मुझे किस क़िस्म के मरीज़ को देखना होगा ?' मैंने पूछा।

" 'यह तो आप वहीं चलकर देख लीजिएगा।'

"गाड़ी तेज़ी से देहात की एक सड़क पर पहुंची और एक बड़े-से मकान के आगे रुक गई। हम उतरकर एक बाग की पगडंडी से होते हुए घर के दरवाज़े के पास पहुंचे। घंटी बजने के फ़ौरन बाद दरवाज़ा नहीं खुला, इसलिए दरवाज़ा खुलते ही मेरे एक साथी ने घुड़सवारी का दस्ताना नौकर के मुंह पर ज़ोर से मारा।

"मैंने साधारण लोगों को कुत्तों से भी ज़्यादा पिटते हुए देखा था, इसलिए, मुझे हैरानी नहीं हुई। दोनों जनों की शक्लों में इतनी ज़्यादा समानता

थी कि मैं उन्हें जुड़वां समझने लगा था।

"जब हम ज़ीना पार कर रहे थे तो किसी की चीख़ों की आवाज़ सुनाई दी। कमरे में सन्निपात का एक मरीज़ बिस्तर पर लेटा था।

"यह एक ख़ूबसूरत लड़की थी, जिसकी उम्र बीस बरस से ज़्यादा नहीं थी। उसकी बांहों को रूमालों से कसकर बांधा गया था। एक मर्दाने गुलूबन्द पर मैंने किसी सामन्त के कुलचिह्नों के साथ 'ई' अक्षर देखा।

"लड़की ने गुलूबन्द का सिरा मुंह में ठूस लिया था। और उसके दम घुटने का ख़तरा था। मैंने कपड़ा उसके मुंह से निकाल दिया। वह ज़ोर-ज़ोर से चिल्ला रही थी, 'मेरा पति, मेरा पिता, मेरा भाई !' फिर उसने बारह तक गिनती गिनी।

" 'मरीज़ कब से इस हालत में है ?' मैंने पूछा।

" 'कल इसी वक़्त रात से।'

" 'इसका कोई पति, पिता या भाई है ?'

" 'सिर्फ़ एक भाई है।'

" 'क्या बारह की संख्या के साथ इसकी कोई ताज़ी स्मृति जुड़ी हुई है ?'

" "हां, बारह बजे के साथ', छोटे भाई ने कहा।

" 'अगर मुझे पता होता तो मैं अपने साथ दवाइयां लेकर आता।'

" 'दवाइयां यहां हैं,' छोटे भाई ने अलमारी से दवाइयों की एक पेटी निकालकर मेज़ पर रख दी।

"मैंने बड़ी मुश्किल से मरीज़ को एक ख़ुराक पिलाई और उसका असर देखने के लिए उसके सिरहाने बैठ गया।

"लगता था, मकान में ये लोग हाल ही में आए थे। खिडकियों के आगे मोटे पर्दे ठोंक दिए गए थे, ताकि चीख़ों की आवाज़ बाहर न जा सके। लड़की रह-रहकर चीख रही थी।

"आध घंटे तक मैं उसके सिरहाने बैठा रहा। दोनों भाई खड़े मुझे देखते रहे।

“ ‘एक मरीज़ और भी है।’

“ “क्या उसकी हालत ख़राब है ?’

“ ‘यह तो आप ख़ुद चलकर देख लीजिए।’ बड़े भाई ने लापरवाही से कहा।

“एक दूसरे कमरे में जहां फ़र्श पर जगह-जगह ईंधन और भूसा बिखरा था, भूसे के एक ढेर पर एक ख़ूबसूरत किसान लड़का लेटा था। उसकी उम्र सत्रह बरस की थी। उसके दांत भिंचे थे। मुझे लगा कि उसे किसी तेज़ नोकीली चीज़ से ज़ख़्मी किया गया था।

“ ‘मैं डॉक्टर हूं, लाओ तुम्हारा ज़ख्म देखूं ।’

“ ‘नहीं, ऐसे ही रहने दीजिए।’

“उसके हाथ के नीचे तलवार का एक ज़ख्म था। उसे बचाना मुश्किल था। उसकी हालत बिगड़ती जा रही थी।

“ ‘श्रीमान, यह ज़ख्म कैसे लगा ?’ मैंने बड़े भाई से पूछा जो लड़के की तरफ़ इस तरह देख रहा था, जैसे वह ज़ख़्मी परिन्दा या खरगोश हो।

“ “यह एक पागल कुत्ता है ! भूमिदास ! यह मेरे भाई पर झपटा था और मेरे भाई की तलवार से ज़ख़्मी हो गया था।’

“लड़के ने कहा, ‘डॉक्टर ! ये कुलीन लोग बड़े स्वाभिमानी होते हैं। लेकिन हम कुत्तों में भी कई बार स्वाभिमान होता है। वे हमें लूटते हैं, बेइज़्ज़त करते हैं, मार डालते हैं ... आपने उसे ... उस लड़की को देखा है डॉक्टर ?’

“ ‘हां देखा है।’

“ ‘वह मेरी बहन है। बहुत बरसों से ए लोग हमारी बहनों की इज़्ज़त और सतीत्व को धूल में मिलाते रहे हैं। लेकिन हमारे बीच नेक लड़कियां भी होती हैं। मेरी बहन नेक थी – उसकी सगाई एक नेक आदमी से हुई थी। हम सब इस कुलीन आदमी के मुज़ारे हैं।’

“लड़का बड़ी मुश्किल से बोल पा रहा था, ‘ये लोग हमसे टैक्स वसूल करते हैं, बेग़ार लेते हैं, इनके पालतू परिन्दे हमारी फ़सलों पर पलते हैं। इन लोगों की लूट-खसोट ने हमें इतना ग़रीब बना दिया है कि मेरे पिता कहा करते

थे कि हमें ख़ुदा से दुआ मांगनी चाहिए कि वह हमारी औरतों को बांझ बना दे, ताकि हमारे दखी ख़ानदानों का ख़ात्मा हो जाए।

"मैं जानता था कि मज़लूम लोगों के दिलों में यह आग कहीं ज़रूर छिपी होगी, लेकिन उस आग की लपटों को मैंने इससे पहले कहीं देखा था।

" 'मेरी बहन की शादी हो गई। इस आदमी के भाई की नज़रें मेरी बहन पर पड़ी और उसने मेरे बहनोई से कहा कि वह अपनी बीवी को उसके हवाले कर दे। मेरा बहनोई राज़ी हो गया, लेकिन मेरी सुशील और नेक बहन ने इसका विरोध किया।

" 'आप जानते हैं कि ये लोग हम कुत्तों को छकड़ों में जोत सकते हैं, हम रात-भर जागकर मेंढ़कों को चुप कराते हैं, ताकि उनकी कुलीन नींद में खलल न पड़े। कुलीन लोगों को ये हक़ हासिल है। वे मेरे बहनोई को रात-भर जगाए रखते थे और दिन के वक़्त छकड़े में जोतते थे।

" 'फिर उस आदमी का भाई मेरी बहन को अपने दिल-बहलाव के लिए ज़बरदस्ती ले गया। मेरी एक छोटी बहन भी है, मैं उसे दूर छोड़ आया, फिर कर रात यहां पहुंचा।

" 'मेरी आवाज़ सुनकर बहन भागी आई। उस आदमी ने आकर मेरी तरफ़ कुछ सिक्के फेंके, फिर मुझे कोड़े से मारा – मैंने भी उसे मारा। उसने अपनी तलवार उठाई।

"इसके बाद लड़का अपनी सारी ताक़त लगाकर उठ बैठा और उसने अपना दायां हाथ ऊपर उठाकर कहा, "मार्क्विस ! जब इन सारे कामों की जवाबदेही का वक़्त आएगा तो तुम्हें और तुम्हारे सारे ख़ानदान को इसकी ज़वाबदेही करनी होगी।'

"उसने अपने सीने के घाव में हाथ डाला और हवा में दो बार क्रॉस का चिह्न बनाया। इसके बाद वह गिर पड़ा...

"जब मैं उसकी बहन के सिरहाने पहुंचा तो वह पहले की तरह प्रलाप कर रही थी।

"छब्बीस घंटों तक वह इसी हालत में रही, फिर बेहोश हो गई।

"मार्क्विस ने कमरे में आकर पूछा, 'क्या यह मर गई ?'

" 'अभी नहीं, लेकिन जल्द ही मर जाएगी।'

" 'इन जानवरों में कितनी जीवटता होती थी !' उसने कौतूहल भरी नज़रों से मरीज़ की तरफ़ देखा।

" ग़म और नाउम्मीदी में बड़ी जीवटता होती है,' मैंने जवाब दिया।

"पहले तो वह मेरी बात पर हंसा, फिर उसके माथे पर त्योरियां पड़ गईं। उसने दबे स्वर में कहा :

" 'डॉक्टर, अभी तुम नौजवान हो। तुमने यहां जो कुछ देखा है, उसका ज़िक्र कहीं नहीं होना चाहिए।'

"पहले तो मैं ख़ामोश रहा। फिर मैंने जवाब दिया :

" 'श्रीमान, डॉक्टरी के पेशे में मरीज़ की हर चीज़ गुप्त रखी जाती है।' लेकिन मैंने जो बातें देखी और सुनी थीं, उनसे मेरे दिल में बड़ी परेशानी हो रही थी।

"एक हफ़्ते तक मरीज़ के प्राण अटके रहे। एक बार मैंने उसके ओठों के नज़दीक कान ले जाकर उसकी बात समझने की कोशिश की। वह पूछ रही थी कि वह कहां है और मैं कौन हूं। मैंने उसे बताया। लेकिन मेरे पूछने पर भी उसने अपने ख़ानदान का नाम बताने से इन्कार कर दिया, जैसा कि उसके भाई ने किया था।

"छोटे भाई को इस बात का अफ़सोस था कि उसने किसान के बेटे से हाथापाई करके अपने ख़ानदान की इज़्ज़त पर बट्टा लगाया है। मुझे उसके व्यवहार से लगा कि वह मुझसे सख़्त नफ़रत करता है। क्योंकि उस किसान लड़के ने मुझे सारी बातें बता दी थीं।

"आधी रात से दो घंटे पहले लड़की चल बसी। दोनों भाई अपने घुड़सवारी के बूटों पर चाबुकें मार रहे थे और बेचैनी से चहलक़दमी कर रहे थे।

" 'वह मर गई ?' बड़े भाई ने पूछा।

" "हां, मर गई।' मैंने कहा।"

"'मैं तुम्हें बधाई देता हूं मेरे भाई,' उसने मुड़कर अपने भाई से कहा।

"उसने पहले मुझे फ़ीस दी थी जो मैंने नहीं ली थी। अब उसने मुझे सोने के सिक्के दिए। मैंने उन्हें ले लिया और फिर मेज़ पर रख दिया।

" 'माफ़ कीजिए, इस हालत में मैं कुछ नहीं ले सकता।'

"उन दोनों की आपस में नज़रें टकराईं। इसके बाद मैंने उनसे विदा ली।

"अगले दिन सुबह कोई सोने के सिक्के से भरी छोटी सन्दूकची मेरे दरवाज़े पर छोड़ गया। मैंने सोचा कि मैं मिनिस्टर को ख़त लिखकर सारी बातें बताऊं। मैं जानता था कि रईसों को कितनी छूट मिली हुई थी, मुझे यह भी पता था कि इस मामले की सुनवाई कभी नहीं होगी। लेकिन मैं अपने मन के बोझ को हल्का करना चाहता था। मैंने यह बात अपनी बीवी तक से छिपाकर रखी थी।

"व्यस्त रहने के कारण उस रात मैं अपना ख़त पूरा नहीं कर सका था। अगले दिन सुबह मैंने अभी ख़त लिखकर रखा ही था कि मुझे ख़बर मिली कि एक महिला मुझसे मिलना चाहती है।

"वह नौजवान और ख़ूबसूरत थी। उस वक़्त वह बहुत घबराई हुई थी। उसने बताया कि वह मार्क्विस एव्रेमोन्द की पत्नी है। उसे उस क्रूर घटना का पता था, वह यह भी जानती थी कि मुझे वहां बुलाया गया था, लेकिन लड़की के मरने की ख़बर उसे नहीं थी। वह अपनी नारी-सुलभ सहानुभूमि व्यक्त करने आई थी। वह आशंकित थी कि उस ख़ानदान पर, जिसे असंख्य दुखी लोगों की नफ़रत मिली है, कहीं ख़ुदा कहर न ढा दे।

"उसका ख़याल था कि उस लड़की की एक छोटी बहन भी थी और वह उसकी मदद करना चाहती थी। वह उसका नाम और पता मालूम करने के इरादे से मेरे पास आई थी। मुझे कुछ पता नहीं था।

"वह दयालु महिला थी और उसका विवाहित जीवन सुखी नहीं था। हो भी कैसे सकता था ? उसे अपने पति और उसके भाई दोनों से डर लगता था। जब मैं उसे दरवाज़े तक छोड़ने आया तो मैंने गाड़ी में दो या तीन बरस

का एक प्यारा-सा लड़का देखा।

"महिला की आंखों में आंसू आ गए। उसने लड़के की तरफ़ इशारा करते हुए कहा, 'डॉक्टर, इस बच्चे की ख़ातिर मैं भरसक उस ख़ानदान की मदद करना चाहती हूं। वरना इसे इसकी जायदाद नहीं फलेगी और किसी दिन इसीको इस पाप की हर्जाना भरना पड़ेगा। मेरे पास सिर्फ़ कुछ ज़ेवरात हैं, जिन्हें मैं अपना कह सकती हूं। अगर उस लड़की की बहन मिल जाए तो मैं ख़ुशी-ख़ुशी इस बच्चे की ख़ातिर ये ज़ेवर उसे दे दूंगी।'

"वह चली गई। मैंने ख़त पर मुहर लगाई और ख़ुद जाकर डिब्बे में डाल आया। रात के नौ बजे के क़रीब काली पोशाकवाले एक आदमी ने मेरे फाटक पर घंटी बजाई और मुझसे मिलने की इच्छा प्रकट की। मेरा नौकर अन्स्र्त दिफार्ज उसे ऊपर ले आया। कमरे में मैं अपनी बीवी के साथ बैठा था – अपनी ख़ूबसूरत अंग्रेज़ बीवी के साथ – हाय मेरी प्रियतमा !

"उस आदमी ने कहा, 'एक ज़रूरी केस है। नीचे गाड़ी तैयार है।'

"गाड़ी मुझे यहां ले आई, इस क़ब्र में। घर से निकलते ही पीछे से किसी ने एक काले मफ़लर से मेरा मुंह बांध दिया और मेरी बांहों को भी बांध दिया गया। एक अंधेरे कोने से दोनों भाई आ गए और मार्क्विस ने मेरा लिखा हुआ ख़त मुझे दिखाया और लालटेन की आग में जला दिया। मुझे इस ज़िन्दा क़ब्र में लाकर पटक दिया गया।

"इस लम्बे अर्से से अगर उन दोनों भाइयों में से एक भी मुझे मेरी बीवी की ख़बर देता तो मैं सोचता कि शायद ख़ुदा उनसे पूरी तरह नाराज़ नहीं हुआ, लेकिन मेरा ख़याल है कि लाल क्रॉस का वह निशान उनके लिए विनाशकारी सिद्ध होगा और ख़ुदा उन पर कभी मेहरबान नहीं होगा। 1767 की इस आख़िरी रात को मैं अलेक्ज़ान्द्र मानेत, जिसे असह्य यन्त्रणाओं का शिकार होना पड़ा है, श्राप देता हूं कि जब इन गुनाहों की जवाबदेही हो तो इस ख़ानदान के हर प्राणी से बदला लिया जाए।"

इस ख़त को सुनकर सब श्रोताओं का ख़ून प्रतिशोध की भावना से खौल उठा।

अदालत और श्रोताओं को यह बताने की ज़रूरत नहीं रह गई थी कि दिफार्ज दम्पति ने इस काग़ज़ को क्यों छिपाकर रखा था। यह बताने की ज़रूरत भी नहीं कि इस ख़ानदान का नाम मुद्दत से उस घातक रजिस्टर में दर्ज हो चुका था।

ख़ुद मुजरिम की पत्नी का पिता मुजरिम पर इल्ज़ाम लगा रहा था। प्रेज़ीडेंट ने कहा कि सामन्त ख़ानदान के इस घृणित सदस्य को ख़त्म करने में, उसकी पत्नी को विधवा बनाने में और उसकी बच्ची को अनाथ बनाने में डॉक्टर मानेत को एक पवित्र आनन्द महसूस करना चाहिए।

मदाम दिफार्ज 'प्रतिशोध' की तरफ़ देखकर मुस्कुराई। "डॉक्टर का बहुत प्रभाव है न ! अब ज़रा इसे बचा लो मेरे डॉक्टर !"

सर्वसम्मति से ज्यूरी ने मुजरिम को चौबीस घंटों के अन्दर फांसी का फ़ैसला दिया।

उस मासूम आदमी की बीवी पर जैसे गाज गिर पड़ी। फिर भी वह ख़ामोश रही। वह अपने पति का मुसीबत में साथ देना चाहती थी।

न्यायाधीशों को बाहर किसी प्रदर्शन में भाग लेना था, इसलिए अदालत बरख़ास्त कर दी गई। लूसी दोनों बांहें फैलाकर अपने पति की ओर बढ़ी। उसके चेहरे पर प्यार और सान्त्वना के सिवा और कोई भाव नहीं था।

"काश, मैं उसे एक बार छू सकूं ! एक बार आलिंगन में बांध सकूं ! भले नागरिको, तुम हम दोनों पर सिर्फ़ इतना रहम दिखाओ !"

अदालत में तीन सन्तरियों और बर्सा के सिवा और कोई नहीं था। बर्सा ने कहा, "इसे अपने पति से मिल लेने दो, लेकिन सिर्फ़ एक क्षण के लिए !"

चार्ल्स ने चबूतरे से झुककर लूसी को अपनी बांहों में ले लिया।

"अलविदा, मेरी प्यारी, मैं अपनी प्रियतमा को हार्दिक आशीर्वाद दिए जाता हूं। हम फिर उस जहान में मिलेंगे, जहां थकी-मांदी आत्माएं विश्राम करती हैं।"

"प्यारे चार्ल्स, मेरी वजह से दुखी मत होओ। अपनी बच्ची को जाने से पहले आशीर्वाद देते जाओ। हमारा वियोग लम्बा नहीं होगा। मेरा दिल टूट जाएगा और मेरे पीछे ख़ुदा मेरी बच्ची के मददगार पैदा करेगा।"

डॉक्टर मानेत दोनों के पीछे-पीछे चल रहे थे। वे दोनों के आगे घुटने टेकनेवाले थे, लेकिन चार्ल्स ने रोते हुए उन्हें रोक दिया।

"आपका इसमें क्या क़सूर है ? आपको मेरे ख़ानदान का पता था, तब भी आपने लूसी की ख़ातिर अपनी स्वाभाविक दुश्मनी से संघर्ष किया।"

डॉक्टर मानेत तीव्र व्यथा से चिल्लाने लगे और अपने सफ़ेद बालों को नोचने लगे।

जब सन्तरी चार्ल्स को ले गए तो लूसी प्रार्थना की मुद्रा में दोनों हाथ जोड़कर खड़ी रही और फिर अपने पिता के पैरों के पास गिर पड़ी।

सिडनी कार्टन ने आकर उसे उठाया। उसकी बांहे कांप रही थीं, लेकिन उसके चेहरे पर गर्व की आभा थी।

उसने लूसी को गोद में उठाकर बाहर एक गाड़ी की सीट पर लिटा दिया और ख़ुद जाकर कोचवान के पास बैठ गया। घर पहुंचकर उसने लूसी को गोद में उठाया और ऊपर ले जाकर कोच पर लिटा दिया। मिस प्रोस और बच्ची रोने लगीं।

"इन्हें अभी इसी हालत में रहने दो !" सिडनी कार्टन ने कहा।

"ओह कार्टन ! प्यारे कार्टन ! अब तुम आ गए हो तो ज़रूर मां की मदद करोगे और पापा को बचाने के लिए कुछ करोगे ! ज़रा मां की तरफ़ देखो कार्टन ! क्या तुम इसे बरदाश्त कर सकते हो ?"

जाने से पहले कार्टन ने बच्ची को चूमा। मिस्टर लोरी ने डॉक्टर से कहा "सब लोग आपकी इज़्ज़त करते हैं। हालांकि वक़्त बहुत कम है, फिर भी आप उनसे जाकर मिलिए।"

"मैं अभी जा रहा हूं। मैं सीधा सरकारी वकील और प्रेज़ीडेंट के पास जाऊंगा और अपील भी करूंगा। लेकिन अभी तो सड़क पर जुलूस निकल रहा है !"

"आप इन लोगों से कब मिलेंगे, डॉक्टर मानेत ?" सिडनी कार्टन ने पूछा।

"अंधेरा होने के फ़ौरन बाद।"

"अंधेरा तो चार बजे के बाद हो जाएगा। मैं नौ बजे मिस्टर लोरी के यहां पहुंचूंगा। क्या तब तक आपको आख़िरी जवाब मिल जाएगा ?"

"हां।"

मिस्टर लोरी सिडनी को दरवाज़े तक छोड़ने आए।

"मुझे तो कोई उम्मीद नज़र नहीं आती," मिस्टर लोरी ने कहा।

"मुझे भी नहीं आती।"

खाना खाने के बाद कार्टन कुछ देर के लिए सो गया। बहुत सालों के बाद आज पहली बार उसने बिना शराब के खाना खाया था।

सात बजे जब उसकी नींद खुली तो वह उठकर दिफार्ज के यहां पहुंचा। उस वक़्त दुकान में कोई ग्राहक नहीं था। सिर्फ़ यक नम्बर तीन काउंटर के सामने खड़ा शराब पी रहा था और दिफार्ज दम्पति से बातें कर रहा था। 'प्रतिशोध' भी बातचीत में हिस्सा ले रही थी।

कार्टन ने टूटी-फूटी फ्रेंच में शराब का छोटा गिलास लाने का ऑर्डर दिया।

"तुम अंग्रेज़ हो ?" मदाम दिफार्ज ने जिज्ञासापूर्ण ढंग से पूछा।

"हां मदाम, मैं अंग्रेज़ हूं।"

उसने मदाम को कहते हुए सुना, "इसकी शक्ल बिलकुल ऐव्रेमोन्द जैसी है।"

दिफार्ज शराब लेकर आया और फिर वापिस लौटकर उसने अपनी बीवी से कहा, "हां, कुछ-कुछ मिलती है।" यक नम्बर तीन ने कहा, "मदाम, आप एव्रेमोन्द के बारे में ही सोचती रहती हैं। कल आप उसे फिर देखेंगी।"

तीनों जनें काउंटर के पास खड़े फुसफुसा रहे थे।

दिफार्ज कह रहा था, "आख़िर कोई हद मानकर हमें कहीं तो रुकना

चाहिए। वह हद कौन-सी है ?"

"सम्पूर्ण विनाश !" मदाम ने कहा।

"कैसी शानदार बात है !" यक नम्बर तीन बोला। 'प्रतिशोध' भी बहुत ख़ुश हुई।

"सम्पूर्ण विनाश का सिद्धान्त तो अच्छा है मेरी बीवी," दिफार्ज ने चिन्तित स्वर में कहा, "लेकिन इस डॉक्टर ने बड़ी यातनाएं झेली हैं। तुमने आज ख़ुद उसे देखा था। जब अदालत में काग़ज़ पढ़ा गया था तो तुमने उसके चेहरे का भाव देखा था ?"

"देखा था !" मदाम ने गुस्से और हिकारत के साथ कहा, "वह चेहरा रिपब्लिक के सच्चे दोस्त का चेहरा नहीं है। डॉक्टर को चाहिए कि अपने चेहरे का ध्यान रखे !"

"मेरी बीवी, तुमने उसकी बेटी का दुख देखा है ? उससे डॉक्टर को कितना सदमा पहुंचेगा ?" दिफार्ज ने कहा।

"हां, मैंने उसे कई बार देखा है, बस मेरे उंगली उठाने की देर है कि ..."

"तुम फरिश्ता हो," 'प्रतिशोध' ने कहा और उसके गले में लिपट गई।

"अगर तुम्हारा बस चले तो तुम इस आदमी को अभी भी बचाना चाहोगे," मदाम दिफार्ज ने अपने पति से कहा, "इस ख़ानदान का नाम बहुत दिनों से मेरे रजिस्टर में दर्ज है, यक और 'प्रतिशोध', मेरे पति से पूछकर देख लो।"

"यह सच है।" दिफार्ज ने कहा।

"मैं उस ख़ानदान की हूं जिसे एव्रेमोन्द भाइयों ने इतना नुक़सान पहुंचाया था। आज जिस ख़ानदान का ज़िक्र हुआ था, वह मेरा ख़ानदान था। वह ज़ख्मी लड़का मेरा भाई था, उसकी वह बहन मेरी बड़ी बहन थी, उनका पिता मेरा पिता था।"

"यह सच है," दिफार्ज ने कहा।

"तो फिर हवा और आग से थमने के लिए कहो, मुझसे मत कहो।"

सिडनी कार्टन वहां से उठकर चला आया। रात के बारह बजे तक डॉक्टर मानेत नहीं लौटे थे। फिर जब वे कमरे में दाख़िल हुए तो उनके चेहरे से ज़ाहिर था कि अब चार्ल्स के बचने की कोई उम्मीद नहीं थी।

डॉक्टर ने अपना कोट उतारकर फ़र्श पर पटक दिया।

"मेरा बेंच कहां है ? मैं सब जगह तलाश कर चुका हूं, मेरा बेंच नहीं मिला। मुझे वे जूते ख़त्म करने हैं।"

कोई जवाब न पाकर डॉक्टर ने बच्चे की तरह अपने बाल नोंचने शुरू कर दिए और फ़र्श पर पैर फटकने लगे।

आसपास बेंच को न देखकर डॉक्टर अंगीठी के पास बैठकर आंसू बहाने लगे। मिस्टर लोरी को लगा कि डॉक्टर की आकृति सिकुड़कर बिलकुल वैसी हो गई है, जैसी उस वक़्त थी जब वे दिफार्ज के यहां रहते थे।

कार्टन ने अपनी जेब से एक कागज़ निकाला।

"यह क्या है ?" मिस्टर लोरी ने पूछा।

"यह एक सर्टिफ़िकेट है। इसकी मदद से मैं शहर से बाहर जा सकता हूं। इसे आप संभालकर रखिए। मैं चार्ल्स से कल मिलूंगा। इस काग़ज़ को मैं अपने साथ जेल के भीतर नहीं ले जाना चाहता। डॉक्टर मानेत के पास भी ऐसा ही एक सर्टिफ़िकेट है, जिसे दिखाकर वे अपनी बेटी और बेटी की बच्ची के साथ किसी वक़्त भी शहर छोड़कर जा सकते हैं।"

"इन लोगों की जान कहीं ख़तरे में तो नहीं ?"

"इन्हें बहुत भारी ख़तरा है। मदाम दिफार्ज किसी वक़्त भी उन्हें गिरफ़्तार करवा सकती है। एक लकड़हारा यह गवाही देने को तैयार है कि उसने लूसी को जेल की दीवार के पास क़ैदियों को इशारा करते देखा है। वे लोग लूसी पर जेल में साज़िश करवाने का इल्ज़ाम लगाएंगे, जिससे उसकी, उसकी बच्ची की और शायद डॉक्टर की जान को भी ख़तरा होगा। लेकिन आप उन्हें बचा सकते हैं।"

"कैसे ?" मिस्टर लोरी ने पूछा।

"मैं आपको बताता हूं। परसों से पहले यह गिरफ़्तारी नहीं होगी, हो सकता है कि दो या तीन दिन और लगें। आप जानते हैं कि गिलोतीन पर चढ़े किसी व्यक्ति के लिए शोक मनाना जुर्म है। लूसी और डॉक्टर ज़रूर इस जुर्म की चपेट में आ जाएंगे और उस भयंकर औरत को ज़्यादा ताक़त मिल जाएगी। आप दौलतमन्द हैं। कल सुबह अपने घोड़े तैयार रखिए, ताकि दोपहर के दो बजे आप लोग यहां से रवाना हो जाएं।"

"सब इन्तज़ाम हो जाएगा।"

"आज रात आप लूसी को समझाएं कि अपने पिता और अपनी बच्ची की ख़ातिर उसके लिए पेरिस से चले जाना ज़रूरी है। गाड़ी में मेरे लिए जगह सुरक्षित रखिएगा। और वादा कीजिए कि आप इस इन्तज़ाम में कोई रद्दोबदल नहीं करेंगे।"

"वादा करता हूं।"

इस बात को याद रखें कि अगर किसी कारण से आपने देरी की तो किसी की भी ज़िन्दगी नहीं बचाई जा सकेगी।"

"मैं अपना फ़र्ज़ ईमानदारी से अदा करूंगा।"

"मुझे उम्मीद है कि मैं भी ऐसा ही करूंगा। अच्छा गुड बाई।"

सिडनी कार्टन नीचे आंगन में कुछ देर तक लूसी के कमरे की खिड़की की तरफ़ देखता रहा। जाने से पहले उसने अलविदा कही और आशीर्वाद दिया।

जेल की अंधेरी कोठरियों में बावन आदमी मौत का इन्तज़ार कर रहे थे।

चार्ल्स डॉर्ने कोठरी में अकेला था। अदालत की कार्रवाई के हर शब्द में उसे अपनी मौत की सज़ा सुनाई दी थी। वह अच्छी तरह से जानता था कि किसी का व्यक्तिगत प्रभाव उसे नहीं बचा सकता था। करोड़ों देशवासियों ने उसे यह सज़ा दी थी।

लेकिन उसकी प्यारी बीवी का चेहरा उसकी आंखों के आगे था, जीवन के बन्धन बहुत पक्के थे और उन्हें ढीला करना मुश्किल था।

वह सोच रहा था कि उसके प्रियजनों का भावी सुख और मानसिक शक्ति उसकी बहादुरी पर निर्भर करती है। धीरे-धीरे उसका मन संयत होने लगा।

उसे काग़ज़, क़लम और रोशनी ख़रीदने की इजाज़त थी, इसलिए अंधेरा होने के बाद वह ख़त लिखने बैठ गया।

उसने लूसी के नाम एक लम्बे ख़त में लिखा कि उसे उसके पिता की क़ैद के बारे में कुछ पता नहीं था और वह अपने पिता और चचा की ज़िम्मेदारी से बेख़बर था। डॉक्टर ने चार्ल्स से वादा ले लिया था कि शादी के दिन से पहले वह अपने ख़ानदान के बारे कुछ नहीं बताएगा। अब उसे याद आ रहा है कि बहुत दिन पहले एक इतवार को दरख़्त के नीचे बैठकर जब चार्ल्स ने टॉवर की बात बताई थी तो डॉक्टर चौंक उठे थे। चार्ल्स ने लूसी से प्रार्थना की कि वह इस घटना की याद अपने पिता को न दिलाए। उसे विश्वास है कि उसने कोई बुरा काम नहीं किया। उसने लूसी से कहा कि वह अपने शोक पर क़ाबू पाए और बच्ची की देखभाल करे। वे ज़रूर स्वर्ग में मिलेंगे और उसके पिता को तसल्ली देंगे।

डॉक्टर के नाम एक ख़त में उसने लिखा कि वह अपनी बीवी और बेटी को उनकी देखभाल में छोड़े जा रहा है।

मिस्टर लोरी के नाम भी उसने एक ख़त लिखा लेकिन कार्टन का ख़याल उसके दिमाग में ही नहीं आया।

बत्तियां बुझने के वक़्त से पहले ही उसने ख़त ख़त्म कर लिए और जब वह भूसे पर लेटा तो उसे लगा कि उसके लिए इस संसार का अस्तित्व ख़त्म हो चुका है।

लेकिन नींद में यह संसार बड़े सुन्दर रूप में आकर उसे लुभाने लगा। वह रिहा होकर सोहो के मकान में फिर लूसी के पास पहुंच गया था। लूसी कह रही थी कि वह कभी उसे छोड़कर नहीं गया था, और ये सारी बातें तो सपने में हुई थीं। जब सुबह उसकी नींद खुली तो यह विचार उसके मन में कौंध गया – 'आज तो मेरी मौत का दिन है!'

उसने तय किया कि वह बहादुरी से मौत का सामना करेगा।

उसने कभी गिलोतीन नहीं देखी थी। वह ज़मीन से कितनी ऊंची थी, उसमें कितनी सीढ़ियां होंगी, उसका चेहरा किस तरफ़ होगा, रह-रहकर ये सवाल उसके मन में उठ रहे थे।

वक़्त बीतता जा रहा था। नौ का घंटा, दस का घंटा हमेशा के लिए बीत चुका था। चार्ल्स कोठरी में चहलक़दमी कर रहा था और अस्फुट स्वर में अपने प्रियजनों के नाम ले रहा था, अपने और उनके लिए दुआ मांग रहा था।

बारह का घंटा भी बीत गया था। उसे बताया गया था कि तीन बजे उसे और उसके साथियों को फ़ांसी मिलेगी। उसने इस बीच अपने दिल को मज़बूत रखने का फ़ैसला किया, ताकि वह दूसरों को प्रेरणा दे सके। एक का घंटा भी बज चुका था।

बाहर बरामदे में किसी के क़दमों की आहट सुनकर चार्ल्स खड़ा हो गया।

किसी ने ताले में चाबी घुमाई। अंग्रेज़ी में कोई कह रहा था – "तुम भीतर जाओ। मैं यहीं इन्तज़ार करूंगा। जल्दी करो।"

दरवाज़ा खुला और सिडनी कार्टन मुस्कुराता हुआ उसके सामने आकर खड़ा हो गया। उसने ओठों पर उंगली रखकर चार्ल्स को ख़ामोश रहने का इशारा किया।

"तुम्हें यह उम्मीद नहीं थी न कि मैं तुम्हें यहां मिलूंगा ?"

"नहीं – मुझे यक़ीन नहीं हो रहा। क्या तुम क़ैदी हो ?"

"नहीं ! यहां के एक सन्तरी पर मेरा असर है, इसी वजह से मैं यहां दाख़िल हुआ हूं। तुम्हारी बीवी ने मुझे भेजा है। उसने तुमसे एक प्रार्थना की है। मेरे पास इतना वक़्त नहीं कि तुम्हें सारी बातें बता सकूं। तुम अपने जूते उतारकर मेरे जूते पहन लो। जल्दी करो !"

"कार्टन, इस जगह से बचकर कोई नहीं जा सकता। तुम्हें भी मेरे साथ मरना पड़ेगा। यह पागलपन है।"

"पागलपन तो तब होता अगर मैं तुम्हें यहां से भागने के लिए कहता। तुम जल्दी से मेरा कोट पहन लो, लाओ मैं तुम्हारे बालों से फीता उतार लूं और अपनी तरह तुम्हारे बाल बिखेर दूं।"

"कार्टन ! प्यारे कार्टन ! यह पागलपन है। यह कभी कामयाब नहीं हो सकता।"

"क्या मैं तुम्हें यहां से भागने के लिए कह रहा हूं ? मेज़ पर क़लम-दवात रखी है। जल्दी, मैं जो कहूं वही लिखो, जल्दी करो !"

"किसके नाम लिखना होगा ?"

"किसी के नाम नहीं।"

"तारीख़ डालूं ?"

"नहीं"

कार्टन ने लिखवाया – "बहुत दिन पहले हम दोनों के बीच जो बातचीत हुई थी, जब तुम उसे याद करोगी तो तुम्हें सब-कुछ समझ में आ जाएगा। तुम्हें वे शब्द ज़रूर याद होंगे। तुम्हारा स्वभाव ऐसा है कि तुम उन शब्दों को नहीं भूलोगी।"

"तुम्हारे हाथ में कोई हथियार है ?"

"नहीं।"

"तो फिर क्या है ?"

"अभी तुम्हें पता चल जाएगा।"

इसके बाद कार्टन ने लिखवाया – "मुझे ख़ुशी है कि उन शब्दों की सच्चाई को साबित करने का मौक़ा आ गया है। मेरे दिल में कोई दुख या अफ़सोस नहीं है।"

यह कहकर वह चार्ल्स के ऊपर झुका।

"यह धुआं कैसा है ?"

"धुआं ?"

कार्टन अपना हाथ चार्ल्स की नाक के पास ले गया, चार्ल्स बेहोश होकर फ़र्श पर गिर पड़ा।

कार्टन ने जल्दी से क़ैदी के कपड़े पहने और बालों में चार्ल्स का फीता बांध लिया। फिर उसने धीमे स्वर में बाहर आवाज़ दी, "भीतर आ जाओ।"

जासूस सामने आकर खड़ा हो गया। कार्टन ने काग़ज़ चार्ल्स की जेब में डालते हुए पूछा "अब तुम्हारा काम ज़्यादा मुश्किल नहीं होगा ?"

"मिस्टर कार्टन, अगर आप पक्के रहे तो कोई मुश्किल नहीं होगी।"

"मेरी चिन्ता न करो, मैं मौत तक सच्चा रहूंगा।"

"जल्दी से किसी को मदद के लिए बुलाओ।"

"आप मेरे साथ धोखा तो नहीं करेंगे ?" जासूस ने पूछा।

"तुम वक़्त क्यों बरबाद कर रहे हो ? इसे गाड़ी में बिठाकर मिस्टर लोरी के पास ले जाओ और उनसे कहना कि कल रात मुझसे जो वादा किया था, उसे पूरा करें।"

जासूस दो आदमियों को बुला लाया, "क्योंकि उसके दोस्त के नाम गिलोतीन की लॉटरी निकली है, इस बात से यह बेहोश हो गया है।" एक आदमी ने कहा।

दरवाज़ा बन्द हो गया, किसी क़िस्म की जल्दबाजी नहीं दिखाई गई, किसी को शक नहीं पड़ा। दो का घंटा बजा।

कोठरी का दरवाज़ा खुला। जेलर ने फेहरिस्त देखकर कहा, "मेरे साथ चलो एव्रेमोन्द ।"

सिडनी कार्टन को एक बड़े-से कमरे में लाया गया जहां कुछ क़ैदी खड़े थे। कुछ विलाप कर रहे थे, बाक़ी ख़ामोश थे।

एक क़ैदी ने सिडनी कार्टन को गले से लगाया। कुछ देर बाद एक नौजवान लड़की उठकर सिडनी के पास आई।

"सिटिज़न एव्रेमोन्द, मैं वही ग़रीब दर्ज़िन हूं जो तुम्हारे साथ ला फोर्स में थी। मुझ पर साज़िश का इल्ज़ाम लगाया गया है। लेकिन मैं बेगुनाह हूं।"

लड़की की उदासी-भरी मुस्कान को देखकर सिडनी की आंखों में आंसू आ गए।

"मैं मरना नहीं चाहती, लेकिन अगर रिपब्लिक को, जिसने हम ग़रीबों के लिए इतना कुछ किया है, मेरी मौत से फ़ायदा पहुंचे तो मुझे मरने में कोई एतराज़ नहीं है। अगर हम दोनों की बारी एक साथ आई तो क्या आप मुझे अपना हाथ पकड़ने की इजाज़त देंगे ? मेरे अन्दर हिम्मत पैदा हो जाएगी।"

अचानक लड़की ने उसके चेहरे की तरफ़ देखा, "तुम उसके लिए अपनी जान दे रहे हो ?" लड़की फुसफुसाई।

"और उसकी बीवी और बेटी के लिए भी।"

"क्या तुम मुझे अपना बहादुर हाथ पकड़ने दोगे, अजनबी ?"

"ज़रूर मेरी बहन, अन्त तक।"

इसी वक़्त पेरिस से बाहर जानेवाली एक घोड़ागाड़ी को रोका गया।

"अपने कागज़ दिखाओ।"

काग़ज़ दिए गए।

"अलेक्ज़ान्द्र मानेत, डॉक्टर। फ्रांसीसी। वे कौन-से हैं ?"

डॉक्टर ने अपनी तरफ़ इशारा किया।

"लूसी। डॉक्टर की बेटी। वह कहां है ?"

"यह रही।"

"यह एव्रेमोन्द की बीवी है न ? लेकिन एव्रेमोन्द तो आज कहीं और गया होगा। लूसी की बेटी अंग्रेज़। वह कहां है ?"

"यह रही।"

"मुझे चूमो एव्रेमोन्द की बेटी ! याद रखना, तुमने एक रिपब्लिकन को चूमा है। तुम्हारे ख़ानदान के लिए यह नई बात है। सिडनी कार्टन। अंग्रेज़। वह कहां है ?"

कोने में लेटे हुए व्यक्ति की तरफ़ इशारा किया गया।

"अंग्रेज़ एडवाकेट बेहोश हो गया है ?"

"जार्विस लोरी बैंकर।"

"मैं ही हूं।" इन सब सवालों का जवाब मिस्टर लोरी ने ही दिया था।

"क्या हम कोचवानों को तेज़ चलने के लिए नहीं कह सकते ?" लूसी ने पूछा।

"नहीं मेरी प्यारी। उन्हें शक हो जाएगा कि यहां से भाग रहे हैं।"

"पीछे देखिए। पीछे देखिए। कोई हमारे पीछे तो नहीं आ रहा ?"

"सड़क साफ़ है।"

जिस वक़्त बावन क़ैदी मौत का इन्तज़ार कर रहे थे, मदाम दिफार्ज, यक नम्बर तीन और 'प्रतिशोध' लकड़हारे के शेड में सलाह-मशवरा कर रहे थे।

"मेरी बात सुनो। मेरा पति, सच्चा रिपब्लिकन है और बहादुर आदमी है लेकिन उसमें अपनी कमज़ोरियां हैं। डॉक्टर के लिए इसके मन में रहम है। मुझे डॉक्टर में दिलचस्पी नहीं है। उसका सिर चाहे रहे, न रहे लेकिन एव्रेमोन्द की बीवी और बच्चे को ख़त्म करना ज़रूरी है।"

"सुनहरी बाल और नीली आंखोंवाले सिर जल्लाद के हाथ में बड़े ख़ूबसूरत मालूम होते हैं और फिर गिलोतीन पर बच्चे बहुत कम नज़र आते हैं," यक नम्बर तीन ने कहा।

"इस मामले में मैं अपने पति पर भरोसा नहीं कर सकती। अगर मैंने देरी की तो वह जाकर उन लोगों को चेतावनी दे देगा और वे भाग जाएंगे।"

"तुम उन इशारों के बारे में गवाही देने के लिए तैयार हो न !" मदाम ने लकड़हारे से पूछा।

"क्यों नहीं, हर रोज़ दो से चार बजे के बीच वह वहां आकर क़ैदियों को इशारे करती थी। मैंने अपनी आंखों से देखा है," लकड़हारा बोला।

"साफ़ ज़ाहिर है कि इसके पीछे कोई साज़िश है," यक नम्बर तीन ने कहा।

"मैं इस डॉक्टर को भी नहीं छोड़ सकती। आज रात हम उनकी शिकायत करेंगे। आज रात वह शोक मना रही होगी, मन ही मन उसे रिपब्लिक के दुश्मनों से हमदर्दी हो रही होगी। उसी वक़्त मैं वहां जाऊंगी।"

बचपन से ही मदाम दिफार्ज मज़लूम थी, उसे एक वर्ग से दिली नफ़रत थी और मौक़े ने उसे शेरनी बना दिया था। रहम नाम की चीज़ उसके दिल में बाक़ी नहीं रही थी। अगर कोई मासूम आदमी अपने बाप-दादा के गुनाह के लिए मरता था तो उसे इस बात की परवाह नहीं थी, क्योंकि वह उस आदमी को नहीं बल्कि उसके पूर्वजों को देखती थी। एव्रेमोन्द की विधवा और अनाथ बच्ची मदाम दिफार्ज के दुश्मन थे, इसलिए उन्हें ज़िन्दा रहने का कोई हक़ नहीं था।

उसके कपड़ों में एक भरा पिस्तौल था, कमर पर एक तेज़ छुरा लटक रहा था।

यह तय हुआ था कि मिस प्रोस और जेरी तीन बजे पेरिस से बाहर निकलेंगे। इधर मिस प्रोस जाने की तैयारियां कर रही थी, उधर मदाम दिफार्ज उनके घर की तरफ़ चली आ रही थी।

मदाम दिफार्ज ने आकर पूछा, "एव्रेमोन्द की बीवी कहां है ?"

मिस प्रोस को ख़याल आया कि कहीं खुले दरवाज़े देखकर मदाम दिफार्ज उनके भागने का अन्दाज़ न लगा ले। उसने चारों दरवाज़े बन्द कर दिए और लूसी के कमरे के सामने खड़ी हो गई।

मदाम दिफार्ज की काली आंखें उसे घूर रही थीं। लेकिन मिस प्रोस भी दृढ़ संकल्प औरत थी।

"तुम मुझे नहीं हटा सकतीं, मैं अंग्रेज़ औरत हूं।"

"मैं उससे मिलना चाहती हूं।"

"मैं जानती हूं, तुम बुरे इरादे से यहां आई हो, मैं उसे पूरा नहीं होने दूंगी।"

दोनों अलग-अलग भाषा में बोल रही थीं।

"इस मौक़े पर मुझसे छिपने में उसे कोई फ़ायदा नहीं। जाकर कहो कि मैं उसे मिलना चाहती हूं।"

"नहीं, दुष्ट विदेशी औरत, मैं भी तुम्हारे मुक़ाबले की औरत हूं।"

दोनों एक-दूसरे को खड़ी घूरती रहीं। मिस प्रोस ने कहा, "मैं अंग्रेज़ हूं। मुझे अपनी परवाह नहीं है लेकिन मैं जानती हूं कि जितनी ज़्यादा देर मैं तुम्हें यहां रोके रखूंगी, मेरी लेडीबर्ड के बचने की उम्मीद बढ़ जाएगी। अगर तुमने मुझेपर हाथ उठाया तो मैं तुम्हारे सिर पर एक भी बाल नहीं रहने दूंगी।"

मदाम दिफार्ज हंस पड़ी, "हा ! हा ! मैं उस डॉक्टर को पुकारती हूं ! सिटिज़न डॉक्टर ! एव्रेमोन्द की बीवी ! सिटिज़नेस दिफार्ज को जवाब दो।"

भीतर से कोई जवाब न पाकर और मिस प्रोस के चेहरे का भाव देखकर उसे शक हुआ कि वे लोग वहां से गायब हो गए हैं। उसने तीनों दरवाज़े खोलकर भीतर देखा।

"कमरे अस्त-व्यस्त पड़े हैं। जहां तुम खड़ी हो, उस कमरे के भीतर भी कोई नहीं। मुझे देखने दो !"

"हरगिज़ नहीं !"

'अगर वे भाग गए हैं तो उनका पीछा किया जा सकता है और उन्हें वापस लाया जा सकता है,' मदाम दिफार्ज ने मन ही मन सोचा और दरवाज़े की तरफ़ बढ़ी।

मिस प्रोस ने उसकी कमर को कसकर पकड़ लिया। प्यार की ताक़त नफ़रत की ताक़त से ज़्यादा होती है। जब दोनों में हाथापाई हुई तो मिस प्रोस ने उसे गोद में उठा लिया। "ख़ुदा का शुक्र है कि मैं तुमसे ज़्यादा तगड़ी हूं। मैं तुम्हें तब तक पकड़े रहूंगी जब तक हममें से एक बेहोश नहीं हो जाती या मर नहीं जाती।"

मदाम दिफार्ज ने अपने सीने की तरफ़ हाथ बढ़ाया। मिस प्रोस ने देखा कि वहां क्या है। उसने हाथ मारकर उस चीज़ को नीचे गिरा दिया

और अगले क्षण मदाम दिफार्ज की निर्जीव देह फ़र्श पर पड़ी थी। कमरे में धुआं भर गया था।

मिस प्रोस ने जल्दी से अपने कपड़े पहने और दरवाज़े में ताला बन्द करके चल पड़ी। उसके चेहरे पर नाख़ून के निशान थे, उसके बाल नुचे हुए थे।

पुल पर पहुंचकर उसने चाबी दरिया में फेंक दी और जेरी का इन्तज़ार करने लगी।

जब क़ैदियों से भरे छः छकड़े सड़क पर से गुज़रे तो आसपास के मकानों की खिड़कियों में कोई चेहरा नज़र नहीं आया। लोग ऐसे नज़ारों को देखने के आदी हो गए थे।

कुछ क़ैदी आंखें मूंदे बैठे थे और कुछ शून्य दृष्टि से इधर-उधर ताक रहे थे। एक क़ैदी ख़ौफ़ से पागल हो गया था और नाच-गा रहा था। लेकिन कोई भी भीड़ की हमदर्दी पाने की कोशिश नहीं कर रहा था।

कहीं-कहीं सड़क पर एव्रेमोन्द के ख़िलाफ़ नारे लग रहे थे।

जासूस खड़ा सोच रहा था, 'कहीं मुझसे धोख़ा तो नहीं किया गया ?'

"एव्रेमोन्द कहां है ?"

"वह पीछे बैठा है।"

"जिसने लड़की का हाथ पकड़ रखा है ?"

"हां"

गिलोतीन के सामने, भीड़ के आगे कुर्सियां डालकर कुछ औरतें बैठी इस तरह बुनाई कर रही थीं, जैसे सार्वजनिक मनोरंजन के किसी स्थान पर बैठी हों। सबसे आगेवाली कुर्सी पर खड़ी होकर 'प्रतिशोध' अपनी सहेली को ढूंढ रही थी।

"थिरीस ! क्या किसी ने थिरीस दिफार्ज को देखा है ?"

"पहले तो वह ऐसे मौकों पर कभी ग़ैरहाज़िर नहीं रही," एक औरत ने

कहा, "ज़रा ऊंची आवाज़ में पुकारो !"

'प्रतिशोध' ज़ोर से चिल्लाई, लेकिन मदाम दिफार्ज का कोई पता नहीं था "छकड़े आ गए हैं, एव्रेमोन्द पलक झपकते ही भुगत जाएगा और वह अभी तक नहीं आई !"

दो छकड़े ख़ाली हो गए, अब तीसरे छकड़े के क़ैदियों की बारी थी।

एव्रेमोन्द सीढ़ियों पर चढ़ने लगा। उसने अभी भी दर्जिन का हाथ पकड़ रखा था।

"मेरी तरफ़ देखती रहो बच्ची, और किसी तरफ़ ध्यान न दो।"

"आपका हाथ पकड़कर मुझे किसी बात का डर नहीं लग रहा। क्या मेरी बारी आ गई है ?"

"हां।"

दोनों ने एक-दूसरे को चूमा और आशीर्वाद दिया। लड़की ऊपर चली गई।

बुनाई करती हुई औरतों ने गिना "बाईस" और फिर "तेईस।"

लोगों का कहना था कि इतना शान्त चेहरा गिलोतीन पर कभी दिखाई नहीं दिया।

उस समय अगर उनके मन में उठनेवाले विचारों को लिपिबद्ध किया जाता तो वे इस प्रकार होतेः

'मैं बर्सा को, क्लाई को, दिफार्ज को, 'प्रतिशोध' को, ज्यूरी मैन को, जज को और नए अत्याचारियों के दल को देख रहा हूं, जो पुराने अत्याचार के ध्वंसावशेषों पर पैदा हुए हैं – मैं पेरिस के इस ख़ूबसूरत शहर को और उसके लोगों को देख रहा हूं जो सच्चे अर्थों में आज़ाद होने के लिए संघर्ष कर रहे हैं।

'मैं कल्पना में उन्हें देख रहा हूं जिनकी ख़ातिर मैंने अपनी ज़िन्दगी दी है। वे इंग्लैंड में होंगे जिसे मैं अब कभी नहीं देखूंगा। मैं 'उसे' देखता हूं जिसकी गोद में बच्ची है।

'उनके दिल में मेरी याद रहेगी। जब वह बूढ़ी हो जाएगी तो हर साल इसी दिन मेरे लिए आंसू बहाएगी। इस धरती पर जब उनकी ज़िन्दगी ख़त्म हो जाएगी तो उसे और उसके पति को साथ-साथ दफ़ना दिया जाएगा।

'ज़िन्दगी में मैंने इससे बेहतर काम नहीं किया।'

□□□